La verità non sembra mai vera.
Georges Simenon

I

«Rivestiti.»

Il dottore gli aveva voltato le spalle, aveva percorso con passo pesante i due metri che lo separavano dalla scrivania e si era seduto, come per compilare qualcosa, ma non aveva compilato niente, aveva incrociato le mani sulla scrivania e lo aveva guardato con un misto di amicizia e indolenza, rassegnato.

«Allora?»

«Allora niente, come al solito, le analisi fanno schifo, tu fai schifo, Manlio, diamo la colpa all'età e finiamola qui.»

Manlio Parrini aveva fatto una risatina.

Carlo Dizzani, il dottore, è suo amico da tempi immemorabili. Da quando lo avevano chiamato d'urgenza sul set per il malore di un attore, e quello era arrivato, giovane medico in turno di guardia, veloce, efficiente. Aveva sistemato la questione, una cazzata, in termini clinici, e si era fermato un po' a osservare, rapito da quel circo di ordini secchi e gesti tecnicamente misteriosi. Luci, filtri, movimenti delle macchine, motore, azione! Senza che nessuno glielo avesse chiesto, con quegli accordi fatti di occhiate e di cenni del mento, era diventato il medico ufficiale su ogni set di Manlio Parrini, il Maestro, e poi confidente, amico. Aveva sposato un'attrice, addirittura, così vanno le cose della vita. E anche dopo che il Maestro aveva smesso di girare, dopo l'esplosione mondiale de *Le verità spezzate*, Dizzani era l'unico animale presente su quei set con cui Parrini era rimasto in contatto.

Visite di controllo, interventi d'emergenza, consulti, qualche cena.

«Basta che non cominci con quelle cazzate da medici sul non fumare, non bere, eccetera.»

Dizzani aveva fatto una smorfia.

«E per cosa? Per buttare il fiato? Non voglio sapere niente, Manlio. Se mi dici che fumi un pacchetto, vuol dire che ne fumi due, se mi dici che ti fai una bottiglia, vuol dire che ne bevi due. Posso dirti questo: dimezza tutto, cammina di più, prendi la cardioaspirina. Qui non diamo garanzie, ma almeno non ti avrò sulla coscienza.»

Ormai vestito – il colletto della camicia messo male, metà fuori e metà dentro il girocollo del maglione – Manlio Parrini si era seduto sulla sedia dei pazienti, davanti alla scrivania del dottore, una sedia che doveva aver raccolto pianti, preoccupazioni, angosce.

«Non mi prescrive niente, dottore?»

Lo aveva detto ridendo, con una voce da vecchina implorante, una di quelle prese in giro che puoi fare soltanto a chi ti è amico e ti conosce come conosce se stesso. Anche Dizzani aveva riso.

«Sì, una prescrizione ce l'avrei. Compra una casetta

sul lago, prenditi un cane, portalo a spasso e iscriviti alla bocciofila... Quanti anni hai, settantaquattro? Settantacinque? Coraggio, manca poco, ti tumuleranno nella storia del cinema.»

«Lì sono già tumulato da anni» aveva risposto il Maestro, sempre ridendo.

Ma poi si era fatto serio, e quasi sovrappensiero aveva aggiunto:

«Non sono così avido, mi basta un anno, Carlo, sto pensando di fare un film.»

Ecco.

Lo aveva detto.

Lo aveva detto senza volerlo, gli era scappato, in qualche modo. Ma ora che si mordeva la lingua, che guardava la faccia stupefatta di quell'altro, la sorpresa dipinta negli occhi spalancati dell'amico, si diceva anche che era giusto così. Il suo medico era il primo a saperlo, come era stato il primo a sapere, tanto tempo fa, che lui di film non ne avrebbe fatti più. Finito. Chiuso. Manlio Parrini si ritirava dalle scene dopo il suo capolavoro mondiale.

Per disgusto, per paura, per...

Tirava un vento freddo, a Montréal, nel febbraio del 1998. Parrini ritirava un premio, uno dei tanti. *Le verità spezzate* era diventato una pietra miliare, i «Cahiers du cinéma» gli avevano dedicato un numero speciale, i festival di tutto il mondo facevano a botte per avere Parrini, anzi, monsieur Parrinì, a parlare della sua arte, del neo-neo-realismo che rivoluzionava il cinema europeo. La Francia era impazzita, Wim Wenders lo chiamava «Maestro», Hollywood lo corteggiava nell'unico modo che sa: valigie di dollari e promesse di statuette dorate.

Lui si era ritrovato a essere una specie di culto ambulante. Che nervi.

Anita lo aveva lasciato da poco, si era messa con un attore più giovane di lei, cretina. Forse non sopportava di essere la moglie di una specie di monumento, un campione, uno che ogni facoltà di cinema metteva accanto a Fellini, o Antonioni, uno su cui gli studenti facevano tesi di laurea. O forse si erano detti tutto quello che un uomo e una donna potevano dirsi.

A Montréal si era portato Carlo Dizzani, il suo amico, ed era stato là, quasi sul molo, alle spalle della grande Chinatown canadese, con il bavero del cappotto alzato e le mani ficcate in tasca, che gli aveva detto:

«Basta, smetto, non girerò mai più un film.»

L'amico aveva fatto la stessa faccia che ha ora, lo stesso stupore, anche se ai tempi c'era forse un po' di allarme, che ora non si vede.

Ora c'è invece una curiosità divertita. Si è messo comodo sulla sua sedia da dottore, le mani sulla scrivania piena di carte.

«E me lo dici così? Racconta, dai!»

«No, non adesso, è presto. Sei il primo a saperlo, ma non c'è niente di sicuro, è solo un'idea.»

Si erano salutati come al solito, con affetto distaccato, senza smancerie, con qualche battuta da vecchi signori che ne hanno viste tante.

Ora è per la strada. Decide di fare una piccola deviazione, deve camminare, giusto? Ascoltiamo i dottori, ogni tanto. Così prende per le vie del centro, attraversa piazza della Scala, evita la Galleria, e arriva in piazza San Fedele.

Sono le sei meno un quarto, la luce se ne sta andando, con uno di quei tramonti settembrini milanesi che non sono tramonti, solo un calo di sole programmato, una burocrazia dell'illuminazione.

Se ne sta in piedi davanti alla statua del Manzoni, si accende una sigaretta. La vecchia questura non c'è più, era nel palazzo dei gesuiti, tirata giù dalle bombe alleate nel '43. Buona mira, la chiesa si è salvata, il resto no. Anche se il palazzo non c'è più – ce n'è un altro, leccato e rifinito – lui vede il commissario De Vincenzi che entra ed esce, si immagina una nebbia porosa e densa, pensa a dove metterebbe la macchina da presa, a cosa ordinerebbe, fingendo di non ordinare, al direttore delle luci. È sempre così quando immagina una storia, va a vedere i posti che la contenevano, e li vede diversi da come sono, li vede come li vorrebbe.

Sa farlo. È un dono.

Così ora, mentre le moltitudini dello shopping gli camminano accanto cariche di sporte, incrociano turisti e impiegati frettolosi, sfiorano ragazzette che si fotografano, affiancano curiosi senza curiosità che arrancano stanchi nella città della moda, lui vede altro. Vede una città senza nessuna frenesia, monumentale e scura, oppressa.

"Piazza San Fedele era un lago bituminoso di nebbia,

dentro cui le lampade ad arco aprivano aloni rossastri"[1] scriveva Augusto De Angelis nel 1935.

Vede il piano sequenza, lo scivolare delle ombre, le luci rarefatte, una figura che si infila in un portone, il commissario De Vincenzi, un piccolo eroe senza saperlo.

L'inizio della storia, che è sempre l'inizio della fine di una storia.

[1] Augusto De Angelis, *Il banchiere assassinato*, Aurora, 1935.

2

Il cane, la casetta al lago, la bocciofila.

Manlio Parrini si fa una risatina tra sé e sé, va bene l'autoironia, ma questo è autosarcasmo, a un passo dall'autoderisione. Si siede sull'enorme divano del suo studio, dopo aver sistemato accanto a sé una scatola piena di carte, fogli, appunti disordinatissimi. Fuori è buio non ancora pesto, i grandi finestroni che danno sul giardino lasciano passare attraverso le tende quel poco di luce che le tenebre imminenti consentono.

È questa la mia casetta al lago, pensa, un lago non mi serve, che me ne faccio di un lago? Il cane, invece, gli piacerebbe.

Lo studio – lo ha sempre chiamato così – è in realtà la dépendance di una villa, con il giardino intorno, come un piccolo casotto di caccia accanto alla costruzione padronale, tre piani in stile assurdamente gotico, qualche aiuola che ha visto tempi migliori, il vialetto di sassolini bianchi, una fontana che non butta acqua da secoli.

Lo aveva preso in affitto – un affitto mai pagato, a dire il vero – dal padrone della villa, un commerciante, o usuraio, o proprietario, non aveva mai indagato a fondo, che giocava a fare il mecenate. Il cavalier Guido Bastoni, ricco sfondato. Aveva messo una quota nella produzione di qualche film, ai tempi, e poi una bella fetta nella realizzazione de *Le verità spezzate*. Non c'entrava niente con il cinema, affiancava con un po' di capitale produttori più esperti, ma gonfiava il petto d'orgoglio per aver permesso la realizzazione di quel capolavoro di cui tutto il mondo aveva parlato.

E quando Parrini cercava uno studio, una tana confortevole, non gli era parso vero di offrirgli quel padiglione vetrato, quel laboratorio dove avrebbe lavorato e studiato il Maestro. Lui lo aveva sistemato come si deve – i soldi non mancavano, ai tempi – attrezzandolo per il lavoro e per la vita, persino una piccola sala di proiezione, in una specie di cantina, e poi un loft ampio, con tavoli, divani, scaffali, librerie, qualche pezzo notevole, qualche quadro importante, un Tadini, un bellissimo Pericoli, persino una vecchia moviola di quando i montaggi si facevano in analogico, con la pellicola, roba da matti.

Il piccolo regno di Manlio Parrini, il Maestro. Era comparso persino su una rivista, bellissime fotografie, qualche soldo che entrava, nei tempi seguenti, quando faceva comodo.

Prima di morire, il cavalier Bastoni lo aveva convocato, gli aveva proposto l'acquisto, «per sistemare le cose con quegli stronzi dei miei eredi» aveva detto, e il casotto della villa, quasi trecento metri quadrati, era diventato sua proprietà, costato meno di un'utilitaria, praticamente le spese del notaio. Ricorda ancora quell'incontro, il cavaliere cordiale e cerimonioso, lui imbarazzato come al solito. Lo aveva accolto nel suo studio di ricco collezionista d'arte. Per celia gli aveva mostrato un manifesto, bellissimo, della Fiera Campionaria di Milano, roba degli anni Trenta, sapientemente incorniciato sopra una libreria. «Il suo omonimo» aveva detto. E così Manlio Parrini, il regista famoso, aveva saputo che c'era stato un altro Manlio Parrini, anche lui a suo modo famoso, quasi un secolo prima, pittore, illustratore, con uno stile spigoloso e littorio. Ne avevano riso insieme, e lui era stato colto dallo stupore. Ma uno stupore piccolo, innocuo, non paragonabile alla sorpresa di diventare proprietario di una specie di reggia di campagna, ma in città, nella ridente città di Milano, dove quelli che ci abitano considerano belli i posti di cui si può dire: «Che meraviglia, non sembra di stare a Milano».

Poi Anita se n'era andata, lui aveva smesso con il cinema, senza sbattere la porta, senza una spiegazione se non quella della famosa intervista a «Variety» in cui chiudeva a ogni ripensamento: «Non mi interessa più, è un posto senza verità».

Sembrava un necrologio.

Non aveva più senso tenere una casa in centro, una casa per una coppia anziana e felice, cioè anziano lui e felice lei, così aveva sperato dopo che se n'era andata. Aveva venduto e si era ritirato lì, nello studio, dove lo spazio abbondava e aveva a portata di mano i suoi libri, i suoi film, gli schermi, la luce tenue che entrava dal giardino.

Con la vecchia, la vedova Bastoni, non c'erano quasi

contatti. Né con la villa che incombeva sul giardino. Vedeva dalle grandi finestre un certo via vai, le domestiche, il factotum peruviano, Carlos, che cambiava divisa come un Arturo Brachetti alto un metro e quaranta, ora autista in blu, ora maggiordomo, o uomo di fatica. Un via vai tranquillo di gente che veniva a trattare affari – ma chissà quali, immobiliari, probabilmente – o nipoti in visita, o questuanti di varia specie. La vecchia non usciva quasi mai, era una figurina minuscola, ingobbita dagli anni, avida, si diceva, ma chissà, se ne dicono tante.

Una tana ideale, insomma, altro che la casetta al lago e la bocciofila.

Il cane, però…

Ora suona un campanello. È il citofono del cancello. Manlio Parrini si alza dal divano e apre, poi socchiude la porta d'ingresso e si risiede, sente il crocchiare dei sassolini sotto le ruote di un'auto.

Sara De Viesti riempie l'ingresso con la sua corona di capelli rossi. È alta, quasi ancora giovane, ha l'aspetto scontroso e si muove con grandi falcate armoniche. Lui si alza dal divano e le va incontro, si abbracciano. Niente affettuosità, niente saluti calorosi, anche se è due anni che non si vedono.

O forse le affettuosità sono del tipo che amano loro.

«Che cazzo vuoi da me, vecchio pazzo?»

«Il solito» dice lui, «che mi ascolti.»

Sara De Viesti ha trentotto anni e da almeno quindici è la grande promessa del cinema italiano. Sceneggiatrice, regista, molto underground, molto invisa al mercato, polemica, scontrosa, il meglio che sentirete dire di lei è che è una bella stronza, è una cosa che si dice di quelli bravi, se ci fate caso. Aveva conosciuto il Maestro dieci anni prima, lui in giuria in un festival astruso, lei in concorso con un film di ruvida militanza. L'aveva fatta vincere, più per dispetto verso il resto della giuria, ma il film era buono. Aveva seguito il suo lavoro, da lontano, poi l'aveva chiamata qualche volta, quando si era messo in testa, come ora, di tornare a fare un film, ma tutto era naufragato, c'erano state liti e discussioni. Dopo, a rapporti freddi e morti, Manlio Parrini si era accorto che di quelle liti aveva bisogno, che quelle discussioni aspre gli servivano come il pane, di più, come le sigarette.

E adesso eccola lì, un bicchiere in mano, le gambe incrociate sotto il culo all'altra estremità del divano, i capelli rossissimi che vanno da tutte le parti. È vestita con la noncuranza attenta di certe donne che non hanno nulla da dimostrare agli uomini, senza ricercatezza, ma con gusto, i pantaloni larghi, una camicia, un maglioncino leggero, aperto sul davanti, che è l'unica concessione a un settembre che poteva essere più caldo e invece fa i capricci.

«Se c'è da fare terapia, ho una tariffa» dice lei.

«No, cara, c'è da lavorare, invece.»

Ora c'è un silenzio guardingo, lei osserva la stanza attraverso il bicchiere e il vino bianco che c'è dentro, lui la guarda, non si sa se in attesa di parlare o di beccarsi la scenata.

«Senti, vecchio pazzo, l'ultima volta mi hai fatto perdere sei mesi, ti ricordi?»

«Era una bella idea, però. Ti piaceva.»

«Sì, un sacco di ricerche, di pagine scritte, e… le lusinghe. Cazzo, un film con Manlio Parrini, il film del grande ritorno, il neo-neo-realismo del Maestro con la giovane sceneggiatrice… Cannes, Venezia… tutte cazzate, Manlio. Ti ricordi, vero?»

Lui sorride. Lo sapeva che doveva aspettarsi uno sfogo, ed era uno sfogo giusto, certo. Ma sa anche un'altra cosa: che questo sfogo crea il clima. La vuole cattiva, la vuole ostile. È l'unica persona che può dirgli veramente quello che pensa, quello che nessuno oserebbe dire a Manlio Parrini: «La tua idea è una cazzata», e forse lui non lo consentirebbe a nessuno, solo a lei.

E magari queste cose deve pensarle anche lei, perché di colpo ha posato il bicchiere, ha appoggiato la schiena sui cuscini del divano e ha chiuso gli occhi.

«Ti ascolto, Maestro.»

Lui aveva riso. E ora eccolo che affonda le mani nella scatola di cartone, ne tira fuori fogli sparsi, un quadernetto di appunti, un mozzicone di matita mal temperato, sparge tutto accanto a sé e comincia.

«Cosa sai di Augusto De Angelis?»

«Direi niente.»

«Perfetto.»

«Dammi un titolo per farmi un'idea.»

«Un cold case degli anni Quaranta.»

«Occazzo. Sentiamo.»

Manlio Parrini fa un sorriso strano, anche se lei non lo vede perché ha ancora gli occhi chiusi. L'ha presa, lo sa, catturata. Sono bastati dieci minuti. Il sorrisino vuol dire tante cose e una, ben nascosta, dice «hai ancora il tuo fascino, vecchio bastardo».

Forse è quello che pensa anche lei, ma non lo confesserebbe nemmeno sotto tortura.

3

È mattina presto, il sole non è ancora arrivato, se poi arriverà. Alle spalle ha la porta del carcere, di fronte una vita nuova, se poi sarà nuova. La vecchia, pensa, non era stata così male. Densa, ecco. E ci aveva pensato spesso, in galera, ogni minuto, si può dire. Ripercorrerla, mettere in fila successi ed errori, era stato un appiglio a cui aggrapparsi per combattere la fame, l'umiliazione, l'umidità che stritolava le ossa. Si appoggia al muro, ora, anche se il freddo gli sembra meno intenso di quello che provava là dentro, meno cattivo, meno malato.

Adesso è fuori, e gli altri stanno ancora dentro, alcuni arresi, altri irriducibilmente in guerra, interrogati a sberle, o peggio. I primi tempi, ancora incredulo di essere in gabbia, osservava quelle guardie e quei commissari politici come fossero personaggi dei suoi libri, ma solo per accorgersi che nei suoi libri non sarebbe entrata, quella gentaglia.

Ora più di tutto vuole sedersi, trovare un caffè, bere qualcosa di caldo che non sia quel brodo infame che gli davano là dentro. Ha in tasca centoventuno lire e qualche centesimo, quel che aveva quando l'hanno preso, ha un vestito fuori luogo, lo stomaco che urla, piccoli giramenti di testa che arrivano e se ne vanno all'improvviso, cammina con il passo incerto di uno che sembra ubriaco. Poi trova un piccolo locale, una latteria, si siede, aspetta che la signora affaccendata dietro il banco si accorga di lui.

Sì, aveva misurato la distanza siderale tra quegli sbirri del carcere e gli sbirri dei suoi romanzi. Aveva ripensato spesso al suo eroe, il commissario De Vincenzi, così geniale e riflessivo, uno che leggeva i poeti francesi, che misurava le sue indagini su delitti e omicidi con il metro della psicologia umana, che conosceva Freud e si addentrava nei labirinti della mente dei personaggi, mentre là dentro invece erano solo botte e voci urlate.

Gli era mancato, nella cella che divideva con un farabutto di Bergamo, un tagliagole di bassa lega, soprattutto lo scrivere, lui che aveva quasi soltanto scritto, nella vita, e così ripassava a memoria certi passaggi dei suoi libri, certe frasi che aveva pescato chissà dove nella mente, e poi limato, e affilato, e messo sulla pagina. Il commissario De Vincenzi, che...

> Era giovane, neppure trentacinque anni, eppure si sentiva vecchio. [...] Qualche suo compagno, in collegio, lo chiamava poeta, per riderne, naturalmente. E lui era tanto poeta che si era messo a fare il commissario di polizia.[2]

[2] Augusto De Angelis, *Sei donne e un libro*, Edizioni Minerva, 1936.

Certo, pensa con una smorfia, c'era voluto del coraggio a disegnare in quegli anni, dal '35 in poi, in una ventina di romanzi gialli, un poliziotto gentile, rispettoso, uno che dava del voi anche ai sospettati, uno così lontano dalla retorica fascista che pretendeva tutto vestito di rude e di nero, muscoloso. Li aveva sentiti e letti, gli avvertimenti sui suoi libri: chi è questo intellettuale che non scimmiotta i detective americani o inglesi, che racconta il crimine qui, nel paradiso del fascio, dove il crimine non esiste?

"Intellettuale", ovviamente, era un dispregiativo feroce.

E quante volte aveva dovuto limare, e correggere, e adattare, perché gli editori lo chiamavano leggendogli i documenti che ricevevano dall'ufficio della censura. Questo è meglio di no, questo turba l'ordine morale, questo... un camminare sulle uova, un adattarsi. Lui si adattava, limava, tagliava. Ma il suo commissario restava irrimediabilmente non fascista, non rude, non mascelluto. Un poeta... incredibile.

Fa una smorfia, perché lui, ora, il commediografo e scrittore Augusto De Angelis, di anni ne ha più di cinquanta, e si sente non vecchio, ma decrepito, un rottame. E quanto alla poesia, beh, viene da un posto, una cella gelata, dove davvero di poesia non ce n'era, e se ne voleva una dose, una piccola dose, doveva appunto ripensare ai suoi scritti, anche alle commedie, tantissime commedie, perché il teatro era stato un amore vero, e anche ai reportage giornalistici di vent'anni prima, quando viaggiava su treni di lusso, conosceva Parigi, faceva il corrispondente da Ginevra, alla Società delle Nazioni, le conferenze di pace.

Sembra passato un secolo.

«Cosa vi porto?»

La donna è in piedi accanto a lui, ora. Si asciuga le mani nel grembiule, non pulitissimo, se bisogna proprio dirlo. Sono mani screpolate, rosse come ciliegie. Alla sua richiesta aveva riso con disprezzo, ma non disprezzo per lui, disprezzo per tutto.

«See, uova, ma da dove venite?»

Aveva portato quello che c'era, una tazza di caffè schifoso, cicoria, e due fette di pane nero, vecchie di giorni, probabilmente, che lui aveva inzuppato per ammorbidirle.

Per quanto il momento fosse favorevole, non aveva ceduto all'autocommiserazione, non aveva pensato a se stesso in altri tempi, in altri vestiti, con altri cibi davanti, magari addirittura un buon vino, o qualche prelibatezza di prima che tutto andasse a rotoli. Anzi aveva riso, pensando a quei tamburini che comparivano anni prima sui giornali, che annunciavano le sue commedie, o i suoi racconti a puntate, o i suoi romanzi. E sono cose che gli vengono in mente a sprazzi, come in flash fulminei e un po' ridicoli, come se pensasse alla vita di un altro. Ne ricorda uno quasi a memoria, dicembre 1935:

Augusto De Angelis si rivela in questo nuovo romanzo
come un maestro nel descrivere l'ambiente
in cui vivono i suoi personaggi.
Case da gioco
Grandi alberghi
Abitazioni borghesi
Caffeucci di provincia,
con tutti i loro "tipi" caratteristici:

una “vamp”
un giocatore sfrenato
un biscazziere
un Pascià turco.
Ecco il nuovo romanzo de «La Stampa della Sera».[3]

Sì, in effetti è un riso molto amaro. Non ci sono “vamp” qui intorno, solo due ore fa stava in una cella schifosa, ora mangia pane duro e beve sciacquatura di piatti, perché siamo nella primavera del 1944, e non ci sono più le case da gioco, né i grandi alberghi, figurarsi i Pascià turchi. Non c'è più niente, a pensarci bene, nemmeno il raffinato romanziere che traduceva dal francese, e nemmeno l'Italia, a dirla tutta, il glorioso Impero, solo quattro farabutti che comandano da Salò insieme ai loro soci tedeschi.

Gli vengono in mente anche le commedie, le attrici che ha conosciuto, le compagnie teatrali, il sorriso della grande Dina Galli – che attrice!, che donna! – quando aveva messo in scena la sua commedia, *Pupattolina*. Era il 1911, lui aveva appena ventitré anni, aveva spedito il copione così, senza speranze, e invece... Che vita, aveva davanti! Ora gli sembra tutto così lontano, e quella vita ce l'ha alle spalle.

Questo lo riporta al caffè, se vogliamo chiamare così quella bettola di Como, e alla vita di ora. Ma è fuori dal carcere. È già qualcosa.

Paga e si alza, contento di barcollare un po' meno di prima.

[3] Annuncio su «La Stampa della Sera», 30 dicembre 1935.

4

Ha fatto le scale a piedi, solo due piani, ma erano bastati. Così aveva aspettato due minuti a suonare il campanello, il tempo che passasse il fiatone. La segretaria, una signora sui quaranta, l'aveva accolto con qualche soggezione, evidentemente la sua visita era stata annunciata, la sua fama lo precedeva, insomma, e lei lo aveva chiamato «Maestro», gli aveva sorriso, per poi tornare subito nel ruolo.

«È un onore conoscerla» aveva detto stringendogli la mano, «il dottor Corrioni arriva subito, lo avverto.» Aveva bisbigliato qualcosa in un telefono, mentre lui si guardava intorno. Un ingresso ampio, luminoso. Una scrivania per la signora, ordinatissima, qualche sedia per chi deve attendere, alle pareti fotografie e manifesti delle produzioni più recenti e di alcuni fasti passati. Una grande locandina incorniciata che spiccava al centro di una parete, *Le verità spezzate*, di Manlio Parrini.

Aveva sorriso, soprattutto di sé. Vecchio vanitoso, si era detto.

Due minuti dopo era seduto in un ufficio maestoso, tutto legno, scaffali, tavoli carichi di libri e fascicoli, un'enorme finestra che mostrava la piazza, sotto, agitata e frenetica. Con tutto che quello era un ufficio periferico, la sede centrale è a Roma, perché il cinema si fa là.

Non era cambiato niente da come lo ricordava, o forse sì: un computer più moderno sulla scrivania, due o tre cellulari sparsi sul piano di legno scuro, mezzi coperti da fogli e documenti, e la faccia di quello seduto davanti a lui, più giovane, sui quarantacinque, Luca Corrioni, il figlio del grande produttore.

Così avevano parlato un po'. Di papà, dei grandi film che aveva fatto, del cinema di oggi – le piattaforme, le sale che muoiono, i festival – e lui si era goduto la curiosità di quell'uomo piacente e appena brizzolato che aveva ereditato un impero, di più, un nome stampato a lettere d'oro nella storia del cinema. Sembrava un Bocconiano Rinato del Settimo Giorno, tutto cifre e studi di settore. Anche questo era cambiato.

Avevano esaurito i convenevoli e i ricordi, entrambi contenti di esaurirli, e il giovane produttore non aveva più retto.

«Allora? Mi dica, sono molto curioso!»

Manlio Parrini aveva provato un piccolo disagio. Erano quasi trent'anni che tutti aspettavano che si mettesse a girare un film, che tutti gli mandavano soggetti, sceneggiature, che gli sussurravano idee, che deploravano la sua assenza dal set, speranzosi e frementi. Anni in cui declinava gentile ogni richiesta di intervista perché sapeva che inevitabilmente si sarebbe arrivati al solito punto: e un nuovo film? Quando? Perché no?

Ora che era lì, vedeva la situazione per quella che era. Chiedeva soldi, alla fine. Un questuante. Certo, lui era Manlio Parrini, ogni produttore del Paese, e anche fuori dal Paese, soprattutto in Francia, avrebbe firmato a occhi chiusi per avere il suo nome su un manifesto, il suo lavoro nei cinema, magari persino lui in persona sul red carpet a Cannes, eppure si sentiva come uno con il cappello in mano. Doveva spiegare la sua idea, dire cos'aveva in mente, come voleva farlo, forse persino perché. Non era facile. Con il vecchio Corrioni, il padre di questo giovanotto incravattato, sarebbe stato più facile: un'occhiata complice, qualche discorso fumoso, cene interminabili... ora no. Ora era diverso, ora era solo economia e architettura finanziaria. Gli era venuta in mente la sua frase sul cinema, l'unica sensata, gli sembrava ora: «... un posto senza verità».

Eppure aveva cominciato a parlare, a spiegare, partendo dall'inizio – la storia – per tenersi le vere motivazioni per la fine. Era un film, certo, niente di più. Ma era un film di Manlio Parrini, anzi, il film del grande ritorno, e voleva che fosse chiaro, voleva che l'occasione scintillasse negli occhi di quell'altro, che ne cogliesse il valore.

«È un film sull'impossibilità di essere liberi» aveva detto.

Tutto doveva essere metafora, tutto doveva portare lì, all'illusione della libertà e alla brutta fine che facevano gli uomini liberi, anche quando la loro libertà la arginavano, la limitavano per sfruttarne almeno una parte, la riducevano per averne a disposizione almeno dei frammenti.

E poi si era ritrovato a raccontare in poche parole la storia di un uomo, uno che aveva attraversato gli anni Venti e i Trenta, anni in cui aveva avuto i suoi successi, ma aveva anche dovuto correggersi, controllarsi, autocensurarsi, prendere le misure. Camminare sul filo di quel che si può dire e di quel che non si può dire.

Manlio Parrini aveva persino consumato luoghi comuni e banalità. Sì, Augusto De Angelis era in qualche modo il padre del giallo italiano, aveva inventato un suo stile, aveva affilato il suo sguardo in un periodo in cui gli sguardi affilati non piacevano, non erano graditi, il manganello sembrava più efficace della psicologia, la repressione più importante della giustizia. Ci volevano legge e ordine, il disordine non era contemplato, il giallo era considerato con sospetto, poi addirittura vagliato con occhi severi dalla censura, e alla fine vietato del tutto. E De Angelis invece ne teorizzava la sapienza di letteratura popolare, e intanto abbozzava, si adattava.

Poi lo avevano arrestato.

Poi lo avevano ammazzato.

Non aveva avuto giustizia, era un cold case italiano. L'inventore del giallo italiano morto ammazzato come in un pessimo giallo – non dei suoi – era una bella storia, no?

Eppure – su questo Parrini si era dilungato – non era la storia a comandare, per una volta. No, era il disegno di quella libertà impossibile, che si piegava come un giunco nel vento. Quello scendere a patti che non era servito, che non era bastato. Che non basta mai.

Luca Corrioni aveva ascoltato in silenzio, scrivendo ogni tanto piccole frasi su un foglio. Elencava per iscritto i suoi dubbi, le domande da fare, un gesto di cortesia che voleva dimostrare attenzione, oltre alla volontà di non interrompere. Poi, quando Manlio Parrini aveva taciuto, aveva fatto una faccia ammirata, forse soltanto per cortesia, o forse no.

Non era un cretino, non era soltanto l'erede. Aveva capito.

Quel che il Maestro – anche lui lo chiamava così – aveva in mente era una prosecuzione de *Le verità spezzate*, forse è vero che i grandi fanno sempre lo stesso film, e aveva visto in quel breve racconto, nella piccola spiegazione dell'idea da finanziare, da mettere in piedi, da trasformare in un film, il nucleo della poetica di Parrini. La verità non esiste, la libertà è una convenzione, si allarga e si restringe a seconda del periodo storico, dell'ottusità di chi comanda, della volgarità di chi la vieta e la ostacola.

Era un film contemporaneo, un film sui tempi bui.

Parrini voleva girare la storia di un uomo che avrebbe voluto essere libero ma non aveva potuto. Che aveva ristretto e compresso la sua libertà, e non era servito. Di un vincente che era stato sconfitto nonostante i suoi compromessi e il suo adattarsi, un buon borghese, non un rivoluzionario, che era stato travolto. C'era tutto, sì, c'era la Storia che stritolava tutti, c'era lo spirito dell'epoca, le analogie con questa, di epoca, la nostra…

Bellissimo, denso. Ma da qui a farlo…

«Certo, un film in costume...» aveva detto, come pensando tra sé e sé, ma non stava pensando tra sé e sé, perché era la prima riga dei suoi appunti.

Poi aveva storto il naso al nome della sceneggiatrice. Sara De Viesti non è un nome facile... Poi era passato alle cose di cui sapeva tutto, come se già stesse componendo mentalmente un puzzle con migliaia di pezzi. E le location? Gli studi, va bene, ma gli esterni? E poi... aveva in mente qualcuno? Per il ruolo del protagonista, ovvio, ma anche per il resto, che tipo di cast aveva in testa? Avrebbero dovuto mettere in piedi una squadra, certo, pensare ai provini... ma la sceneggiatura esiste già o siamo all'inizio di tutto? Alla fotografia il Maestro aveva pensato, naturalmente e...

Manlio Parrini aveva risposto, dicendosi che il peggio era passato, che spiegare l'idea era la cosa più difficile. Così si era mostrato possibilista su tutto, disposto alla collaborazione, come avrebbe fatto con il vecchio Corrioni. Era solo un'idea, per ora, un mandato esplorativo. Se la cosa interessava, sarebbero andati avanti, altrimenti avrebbe cercato altrove... aveva richieste dalla Francia, e anche da altri Paesi. Insomma, era lì per omaggio alla ditta, al nome che aveva creduto in lui per *Le verità spezzate*, per...

Mentiva.

Non c'era nessun produttore francese, non c'erano mecenati in fila alla sua porta. E mentiva anche sulla sceneggiatura. «Quasi pronta» aveva detto, mentre Sara se n'era andata con il suo scatolone di appunti soltanto due sere prima, lasciando le cose in sospeso, dicendo che avrebbe studiato la storia, che ci avrebbe pensato...

Per ora c'erano solo due paginette di sinossi, un soggetto abbastanza vago.

Si erano lasciati con una stretta di mano che sembrava sincera.

Luca Corrioni si sarebbe messo al lavoro, avrebbe cercato qualcuno che studiasse il cast, naturalmente gli avrebbe sottoposto ogni scelta e poi, per decidere gli attori, le location, gli interni, gli esterni… ne avrebbero discusso all'infinito. Avevano fatto nomi, ipotesi, buttato lì sensazioni. Parrini non aveva più una sua squadra, avrebbero dovuto costruirla da zero…

Insomma, si stavano avvicinando lentamente all'idea che quella chiacchierata potesse davvero diventare un film. Manlio Parrini aveva rigettato con un sorriso ogni dubbio sulla sceneggiatrice, aveva parlato della luce – «la luce è tutto» aveva detto – e insistito su un punto: avrebbe voluto una squadra giovane. Per un film sull'impossibilità di essere liberi voleva gente che ci credesse ancora, alla libertà.

Aveva sceso le scale, due ore dopo averle salite, con la sensazione che tutto si stava mettendo in moto. Come, ancora non lo sapeva, con quali limiti, a quali condizioni. Però sentiva di aver fatto un passo, un passo importante. Il film su Augusto De Angelis, il giallista morto come in un brutto giallo, non era più solo una confidenza al suo amico dottore, e nemmeno una notte alcolica a ruota libera, una notte di dubbi e parole fuori dai denti con l'amica sceneggiatrice. Ora diventava una questione reale, di decisioni da prendere, di storie da scrivere, di inquadrature, di luci, di idee che diventano forma. Di soldi, soprattutto.

Incredibile come le cose diventano vere solo quando si parla di soldi, aveva pensato.

Così aveva ancora una volta allungato la strada, aveva guardato pezzi di città come se li vedesse attraverso strane lenti: l'oggi colorato e frenetico in dissolvenza con gli anni Trenta, seppiati e malconci, umidi, con una loro grandezza borghese, eppure così piccini, provinciali, un regime da operetta, ma con botte vere. La città, certo, necessitava di un lavoro di narrazione, non meno della vita che ci scorreva dentro.

Ma come fare? Come rendere le infinite variazioni dell'orizzonte? Alza gli occhi, il Palazzo dell'Informazione, piantato su piazza Cavour come un monolite, era proprio uno dei monumenti architettonici degli anni Trenta, di cui Milano è piena, massiccio, brutale. Eppure, intorno, tutto è cambiato, non ci sono signorine con gli ombrellini e gentiluomini con il cappello, ma un traffico isterico e convulso. Gente che corre, che produce, che fa soldi. Una frenesia moderna, che però ancora gli ricorda i Balla, i Boccioni, quindi in qualche modo una modernità già raccontata. A due passi da lì, i grandi palazzi di via Manzoni ospitano le vetrine del lusso, inghiottono turisti giapponesi e americani con sandali e bermuda dalle mille tasche. Cambiare una città, la sua forma, la sua faccia, è più difficile che cambiare la sua fauna. E Manlio Parrini capisce che lì dove si trova, allo sbocco di via Turati, che ai tempi di De Angelis era via Principe Umberto, basterebbe cambiare la luce, il colore dei tram, la forma delle auto, per tornare indietro di ottant'anni. Ma come rendere quella piccola eppure enorme metamorfosi? Dove mettere le camere? Dove far scorrere il flusso di comparse alle spalle del commissario De Vincenzi che si affanna di qua e di là?

Aveva preso un taxi in piazza Cavour e dato l'indirizzo di casa. Aveva scritto un messaggio a Sara. Aveva appoggiato la testa al sedile cercando di capire se la stanchezza era dovuta allo sforzo di spiegare un'idea – la cosa più difficile che esiste – o alla sua età, al lavoro che lo attendeva. Sentiva mischiarsi due forze: l'inerzia di quegli anni inoperosi e la febbre di un nuovo compito.

Che al momento gli sembra enorme, gigantesco, spropositato.

Era arrivato davanti al grande cancello di villa Bastoni, aveva pagato il taxi ed era sceso, avviandosi sul vialetto verso la sua dépendance, nel sole pallido delle quattro del pomeriggio. E solo allora aveva visto quell'agitazione fuori posto, quel via vai che non si capiva. Nei vialetti bianchi del giardino tre macchine, due della polizia, da cui veniva lo sfrigolare della radio di servizio, una berlina grigia, più un furgone con la scritta «Polizia Scientifica». La porta di villa Bastoni aperta, due agenti che fumavano vicino alla scalinata esterna, di fronte alla fontana senz'acqua.

«Dove va lei?» aveva domandato una voce, gentile ma ferma. Dietro la voce c'era un uomo alto, in borghese, con la faccia da poliziotto.

«A casa» aveva detto lui indicando lo studio. E poi, ovviamente: «Cos'è successo?».

L'uomo gli aveva chiesto i documenti, aveva guardato la sua carta d'identità in modo accurato e gliel'aveva restituita con un gesto rapido, efficiente.

«Cos'è successo?» aveva ripetuto lui. Si era sorpreso di non essere seccato, solo curioso. E poi, visto che quello non aveva nessuna intenzione di rispondere:

«Posso andare a casa, almeno?»

«Vada, ma non esca, tra poco veniamo a fare due chiacchiere.»

Da dietro i vetri dello studio, aveva guardato fuori. La scena era immobile, poi si animava – qualcuno usciva in giardino – poi tornava immobile. Alle cinque meno qualche minuto era arrivata un'ambulanza e si era fermata senza spegnere il motore. Due uomini in tuta bianca avevano portato una lettiga, con sopra un sacco nero. L'ambulanza aveva caricato il fagotto e si era avviata verso il cancello, quindi fuori, sulla strada, e poi via, nella città. Qualche persona era uscita dalla villa, quelli in divisa erano saliti sulle macchine bianche e azzurre, il furgone era rimasto lì. L'uomo alto di prima, insieme a una donna, si erano diretti verso lo studio, facendo scricchiolare la ghiaia del vialetto. Il campanello aveva suonato quasi subito, e lui aveva aperto, li aveva fatti entrare, li aveva guardati bene, la Legge e la Giustizia avevano facce piuttosto ordinarie.

5

È l'uomo alto con la faccia da poliziotto a fare le presentazioni. Si chiama Flavio Zarli, vicequestore. Sembra teso e preoccupato, forse è solo stanchezza. Mostra un tesserino anche se non ce n'è bisogno, la situazione è abbastanza chiara. La donna invece è la sostituta procuratrice della Repubblica Chiara Sensini, una stretta di mano ferma, una piccola luce negli occhi quando Manlio Parrini dice il suo nome. È abituato a quei piccoli lampi, significa che qualcuno lo ha riconosciuto, è un lampo che rientra subito, che viene nascosto. La Sensini invece no, non è una che nasconde le cose, è sicura di sé, Manlio Parrini sa capire quelle sicurezze che dà il potere.

«Il regista?»

«Sì» dice lui.

Il vicequestore non sa di cosa stanno parlando.

«Ma prego, accomodatevi, volete un caffè?»

Lo sbirro declina gentilmente, resta in piedi vicino alla porta, dice che devono fargli qualche domanda, ma lei, invece, accetta di buon grado, nemmeno il tempo di dire «Sì, grazie, un caffè mi servirebbe», ed è già seduta sul divano, proprio dove qualche sera fa stava Sara De Viesti, ma composta e professionale, non con le gambe piegate e i piedi sotto il culo. Ha una faccia dura e le labbra serrate, come se ci tenesse a sottolineare che sedersi e accettare un caffè non sposta di un millimetro la questione, lui è uno da interrogare, niente di più. Allora si siede anche l'uomo, ed eccoli lì, le tazzine davanti e una piccola tensione nell'aria.

«Posso sapere cos'è successo?»

Così l'uomo, dopo un'occhiata alla donna che aveva dato un suo impercettibile segno d'assenso, aveva fatto una specie di rapporto, stringatissimo ma efficace. Nora Vuillermoz, vedova Bastoni, di anni ottantuno, la vecchia della villa, era stata rinvenuta cadavere – dice proprio così, il vicequestore, «rinvenuta cadavere», e Parrini fa un piccolo, invisibile ghigno – nello studio della villa, al piano terra.

Il tuttofare Carlos Manolo Pinzago aveva trovato il corpo, era corso fuori, spaventato. Non sapendo cosa fare, era arrivato fino a lì, alla dépendance, aveva bussato e chiamato disperato, si era attaccato al campanello, ma non aveva risposto nessuno. Questo verso l'una. Così era tornato alla villa e aveva chiamato il 112, loro avevano accertato la situazione, fatto i primi rilievi, interrogato il Pinzago, che tremava come una foglia, e avvertito il sostituto di turno, che era arrivata poco dopo, a ruota della Scientifica che si era messa al lavoro, e insomma, ora toccava a lui.

«Morta come?» aveva chiesto Parrini, che era un misto di stupore e curiosità. Un omicidio, addirittura. In pieno giorno. Accanto a casa.

«Non possiamo dire niente, al momento» aveva risposto la donna. Poi aveva fatto vagare lo sguardo per la stanza, abbracciandola tutta, apprezzandone, si sarebbe detto, l'armoniosa confusione. Aveva lasciato fare all'uomo, però, con una faccia concentrata che ascoltava ogni sillaba, che valutava ogni espressione. Parrini si sorprende di trovarla affascinante. Non per la presenza fisica, non per l'abbigliamento, né elegante né sportivo, ma per quell'atteggiamento da persona attenta alle sfumature, tesa senza aver l'aria di esserlo. Una donna decisa, ordinaria nel fisico, nei capelli castani appena poggiati sulle spalle, una che forse non vi strapperebbe una seconda occhiata, a incontrarla per la strada, eppure, ad averla di fronte, mostra due occhi intelligenti. Occhi capaci di vedere, pensa Manlio Parrini.

Anche se gentile e correttissimo, era stato un fuoco di fila, un vero interrogatorio. Lui abitava lì? Da quanto? Era casa sua o era in affitto? Che rapporti aveva con la vecchia vedova Bastoni? Aveva notato qualcosa di strano, negli ultimi giorni, qualunque cosa? Cosa sapeva degli affari della signora? Chi andava e veniva dalla villa?

Parrini aveva risposto a tutto, senza reticenze. Forse sperava di avere in cambio qualche dettaglio, qualche notizia in più. Invece niente. Poi erano arrivati a lui, a quel pomeriggio, anzi a quella giornata intera. Lui aveva elencato i suoi movimenti, non era una cosa difficile. Un taxi verso mezzogiorno, un pranzo frugalissimo in un bar del centro, aveva pagato con la carta, potevano controllare. Poi l'appuntamento con il famoso produttore Luca Corrioni, due ore di chiacchiere, aveva fornito l'indirizzo. Poi due passi e un altro taxi per tornare lì. Niente di complicato o avventuroso, un appuntamento di lavoro, tutto agevolmente controllabile. Chissà perché, si era immaginato la faccia della segretaria di Corrioni, quella bella donna così gentile, quando qualche poliziotto sarebbe andato là a chiedere: è stato qui il signor Parrini? A che ora? Quanto si è trattenuto? Avrebbero fatto lo stesso con Corrioni, probabilmente, ma la faccia di lui non se la figurava, chissà perché.

Poi erano tornati indietro, alle domande di prima che avevano avuto risposte veloci e telegrafiche. Parrini aveva dovuto spiegare i suoi rapporti con la vedova, cioè qualcosa che praticamente non esisteva. L'idea di affittargli quella specie di padiglione adiacente la villa era stata del marito, il vecchio cavalier Bastoni, che poi gli aveva proposto l'acquisto, un'occasione da prendere al volo. I rapporti con la vedova si limitavano a buongiorno e buonasera, ma raramente, perché la signora non usciva quasi mai, ed era raro incontrarla anche in cortile, quando usciva lui. Carlos lo vedeva più spesso. Andava e veniva con la spesa, oppure tirava a lucido una vecchia Mercedes nera. Gli aveva fatto qualche piccolo servizio, una finestra che chiudeva male, o qualche commissione durante la pandemia, in cambio di pochi spiccioli di mancia, sembrava una bravissima persona, ma non sapeva niente di più, se avesse famiglia, nemmeno se dormisse nella villa, anche se pensava di sì.

Insomma, come interrogatorio era stata una schifezza: nessuna bugia, nemmeno nessuna lontana intenzione di bugia, perché non ce n'era davvero bisogno. Parrini non aveva mostrato né particolare dispiacere né sgomento, alla notizia, solo sorpresa, anche se qualche preoccupazione c'era, e lo aveva detto: la vecchia era il vicino ideale, niente smancerie, niente inviti, praticamente nessun rapporto. Lui era un orso e preferiva così. Il via vai di persone che andavano e venivano dalla villa, forse per gli affari della vecchia, era discreto e silenzioso. Anche sulle spese, mai una discussione, quando si era trattato di rimettere a posto il vialetto, o per la manutenzione del giardino, che comunque era pochissima cosa, nessuno gli aveva chiesto niente.

Telecamere? Allarmi? Sistemi di sicurezza?

Niente di niente, aveva risposto lui, non conosceva la situazione della villa, ma lì – aveva fatto un gesto con le mani – non c'era molto da rubare. La donna aveva fatto una smorfia, era una cosa che già sapevano, ma sentirsela confermare non era una bella notizia. Il vicequestore, invece, impassibile.

La sostituta procuratrice della Repubblica, dottoressa Chiara Sensini, si era alzata, aveva scostato le tende della grande vetrata e guardato fuori. Il furgone della Scientifica era ancora davanti alla villa, e forse è quello che voleva controllare, o forse no, voleva valutare il suo posto d'osservazione, la sua finestra sul cortile, ecco.

Poi l'uomo si era alzato, aveva scambiato due parole con la donna e si era congedato con poche frasi prevedibili. «Probabilmente avremo bisogno di parlarle ancora, ci avverta dei suoi spostamenti, se va lontano per più di un giorno», si era fatto dare un numero di cellulare, aveva l'aria di dire: non la convochiamo in Procura, ma tenga presente che è una cortesia. Certo, avrebbero verbalizzato, prima o poi, ma ora erano solo nella fase del primo impatto, delle prime valutazioni. Poi era uscito, aveva raggiunto due agenti che stazionavano vicino alle scale della villa. La donna era rimasta lì, nell'angolo salotto del loft, senza spiegare e senza scusarsi, lasciando sedimentare qualche minuto di silenzio.

Poi, un po' incongruamente, aveva detto:

«Ho amato molto *Le verità spezzate*... come tutti, credo.»

Manlio Parrini non aveva detto niente, cosa c'era da dire? Poi aveva mormorato qualche parola di cordoglio per la vedova Bastoni, e aveva aggiunto che dopo tanti libri letti, e film girati, e ancora più film pensati, era la prima volta che vedeva da vicino un'indagine. Si era sentito un po' scemo: cosa stava facendo? Intavolando una chiacchierata filosofica? Parlando del più e del meno?

Così è sorpreso quando lei risponde.

«Non sono una principiante, sa, Parrini? Eppure c'è sempre un piccolo shock, all'inizio, proprio come nei libri gialli, al ritrovamento del cadavere. La prassi, la routine, le cose da fare secondo le regole distraggono un po', ma resta quella sensazione di... ingiustizia, ecco.»

Lui l'aveva guardata con attenzione. Quelle parole non intaccavano per nulla la sostanza di donna decisa, professionale, di inquirente attenta, eppure introducevano una nota che non si aspettava, come se lei gli avesse fatto chissà quale confidenza.

«La signora è stata strangolata» aveva detto «e non per rubare. Questo complica tutto, non stiamo cercando un ladro o un balordo. L'assenza di telecamere complica ancora di più e la signora non aveva un cellulare, il che è di per sé una cosa pazzesca...»

Poi aveva fatto un sorriso che mischiava scuse e minacce.

«Guai a lei se esce qualcosa di questa conversazione.»

Lui aveva riso, e assicurato che non ci pensava neppure, e poi aveva avuto un pensiero molesto, che lei gli aveva letto nella mente.

«Ora la cosa arriverà alla stampa. Boccone prelibato, la vecchia vedova della villa, addirittura il regista famoso che vive nello stesso cortile... Verranno a molestarla, lo sa, vero, Parrini?»

No, non lo sapeva. Anzi sì, lo sapeva, semplicemente non ci aveva ancora pensato. Deve aver fatto una faccia spaventata, perché lei ha riso:

«Benvenuto nel mondo reale, Maestro.»

Ma lui era già altrove, seguiva un suo pensiero assurdo, una specie di intuizione che non sapeva mettere a fuoco. Così si era azzardato a parlare, ma era più che altro un pensiero espresso ad alta voce.

«Niente telecamere, niente cellulare, un delitto misterioso... sa...» si era fermato un attimo, esitando «... è una cosa che somiglia a un giallo d'altri tempi. Glielo dico perché mi sto occupando di un vecchio giallista degli anni Trenta, sto... studiando, ecco. E questa sua indagine senza tecnologia e senza elettronica mi ricorda le indagini del commissario De Vincenzi. Ha mai letto niente di Augusto De Angelis?»

«No. Dovrei?»

Lui aveva riso, apertamente questa volta.

«Ma no, non è obbligatorio, mi creda, era solo un'analogia… ma sa, quando mi metto a studiare qualcosa diventa una specie di ossessione e tutto torna lì, anche se non vorrei.»

Lei lo aveva guardato più attentamente. Così attentamente che lui si era sentito esaminato. Aveva vecchi pantaloni sformati, un maglione leggero, la barba di tre giorni. Doveva sembrare un vecchio un po' male in arnese, e forse era proprio quello, dopotutto.

Chiara Sensini si era alzata dal divano e aveva teso una mano.

«Le circostanze sono quelle che sono» aveva detto, «ma insomma… onorata di aver conosciuto il grande Manlio Parrini. Temo che ci rivedremo…»

Poi aveva esitato un attimo, come a valutare un'idea che le era venuta lì per lì…

«Facciamo un patto, Maestro, le va?»

«Faccio patti solo con chi mi chiama Manlio.»

«Ah, va bene. Senta, Manlio… naturalmente controlleremo le sue dichiarazioni eccetera eccetera, ma prometto di darle meno seccature possibili se lei promette di aiutarmi.»

«E come?» Ora era davvero stupito.

«Si guardi intorno, scosti quella tenda più di quanto fa di solito, ci capisca qualcosa, se riesce, si faccia venire in mente cose che non ci ha detto, guardi le facce che si presenteranno, se si farà vivo qualcuno… Non so. La villa sarà sigillata, ovviamente, noi torneremo per altri rilievi e sopralluoghi. Insomma, sia mio amico in questa indagine, anche perché al momento non sembra che abbiamo in mano molto.»

«È sempre più un libro degli anni Trenta» aveva detto lui.

Lei aveva sorriso e ringraziato per il caffè, e forse per qualcos'altro, chissà, magari per averle dato qualche minuto di divagazione, per averle regalato qualche chiacchiera fuori tema. Aveva appoggiato su un piccolo mobile vicino all'ingresso un biglietto da visita con un numero di telefono, e lui aveva pensato ancora a una cosa fuori tempo. Che oggetto démodé.

Ma lei si era girata ancora, come se stesse valutando un'intuizione, come se qualcosa le fosse venuto in mente ora, e si sforzasse di mettere da parte indugi e convenzioni.

«Senta, i cronisti la importuneranno, non c'è dubbio. Lei mi faccia una cortesia...»

Gli aveva detto cosa fare, ma non era stata lì a godersi la sua espressione stupefatta.

Era uscita, aveva parlato con il suo vicequestore che si era messo al volante della berlina grigia, e la macchina aveva lasciato il cortile.

Ora era quasi buio. Il furgone della Scientifica era lì al suo posto, uomini in tuta bianca andavano e venivano.

Ed ecco Manlio Parrini, il regista, il Maestro, che non sa cosa pensare. Quelle chiacchiere informali con un sostituto procuratore della Repubblica sono la cosa strana della giornata. Ma no, che scemo, la cosa strana della giornata è l'omicidio della vecchia. E non l'unica. La cosa strana della giornata è la faccia di Luca Corrioni che prende appunti sul suo film. Oppure...

Si scosta dalla finestra e si avvia verso la cucina. Apre

una bottiglia di bianco e se ne versa una bella dose, così non dovrà rialzarsi dal divano. Vuole che tutto ciò che è successo cali come polvere al suolo, la vecchia uccisa, la magistrata in vena di patti e confidenze, il film che si snoda nella sua testa, l'attesa di notizie da parte di Sara De Viesti, che certo solleverà questioni, obiezioni, problemi. Bene, è quello che vuole.

Ma non intende fare ordine, l'ordine verrà da solo.

Mette sul piatto un disco, il suo amato Miles Davis, il disordine che diventa ordine, appunto, il caos che genera armonia, tutto va al suo posto senza che nessuno si adoperi a farlo. Ecco, è quello che si aspetta lui mentre non pensa a niente, solo al sapore del vino in bocca, alla tromba che ricama, che gira intorno alla batteria di Max Roach. In effetti il miglior quartetto che si ricordi. E lo scricchiolio della ghiaia sotto le ruote, Carlos che picchia alla sua porta mentre lui non c'è, e quel delitto senza telecamere e cellulari…

> Che cos'è un delitto, signor giudice, quando esso non sia passionale? È un'opera artistica! Un'opera perversamente, delinquenzialmente artistica! E per opera artistica m'intendo un componimento di fantasia, sobrio e conciso nella forma, equilibrato nei propri elementi costitutivi, serrato e logico, chiaro e armonioso, teso e vibrante.[4]

La vecchia vedova Bastoni se ne stava da qualche parte in un sacco nero.

[4] Augusto De Angelis, *Il banchiere assassinato*, cit.

6

Non è un dolore che se ne va, arriva a ondate, lancinante, poi torna più forte, ma andarsene non se ne va mai, ogni respiro una coltellata, ma respirare bisogna, giusto?

Fa caldo.

Ogni tanto gli fanno quella puntura benedetta, ma senza orari, senza le cadenze di una terapia. «Quando ne abbiamo» gli ha detto una suora, e chissà perché lui ha pensato che glielo dessero di nascosto, l'analgesico, o quello che era.

Si era svegliato lì, all'ospedale di Como, due giorni dopo.

Due giorni dopo cosa, però? Non ricordava, cioè sì, ricordava, ma non sa se sono veri ricordi o cose che ha immaginato lui, c'è una nebbia.

Là, invece, la nebbia non c'era. Rivede il lungolago di Bellagio, vicino all'imbarcadero, dove si sforzava di passeggiare, più che altro si trascinava, cercava di recuperare le forze, perché il carcere gli aveva lasciato segni profondi. Non stava bene, ecco, un uomo come lui, alto e atletico, un bell'uomo, che si sentiva piegato, stanco come un centenario, e invece era giovane. A cinquantasei anni si è ancora giovani, vero?

Delle botte non ricordava niente, anzi sì, qualcosa, ma anche quello vago e nebbioso. C'era stata una discussione, cominciata con poche parole, qualche insulto sussurrato.

Era il 2 luglio del 1944, quattro giorni dopo il suo compleanno.

«Adesso vi lasciano anche andare? Si sono rammolliti pure i tedeschi, Madonna mia» aveva detto quel tizio mai visto, incrociandolo sul lungolago.

Lui aveva risposto qualcosa, qualcosa di sprezzante. Non era quella, la feccia con cui voleva parlare, misurarsi, non era gente alla sua altezza. Lui era uno scrittore, un giornalista, un intellettuale, da troppo tempo vedeva comandare gli ignoranti, gente che capiva solo le sberle e la violenza. Il carcere l'aveva minato, è vero, ma l'aveva anche indurito.

Così quello si era fatto sotto, e lo aveva colpito. E lui? Lui non ne poteva più di chinare la testa, ne aveva viste troppe, in galera, e ne aveva anche prese parecchie. Forse aveva alzato un pugno. Forse, di preciso non lo sa. E allora erano fioccate le botte, forti, in faccia, gli occhiali erano volati via, e poi quando era a terra, quello si era avventato come una furia, scalciando come un cavallo impazzito, colpendolo una volta, due, tre, ai fianchi, al petto, alla schiena quando lui si era rannicchiato per proteggersi la testa.

Si era svegliato due giorni dopo, gli aveva detto una

sagoma bianca che girava intorno al suo letto, suor Evelina, la chiamavano le altre, una specie di caposala.

Ospedale Sant'Anna di Como.

Nella sua stanza ci sono altri cinque disperati, nessuno grave come lui.

Non è sempre cosciente, e quando gli sembra di esserlo, forse non lo è del tutto. Era arrivato un carabiniere, un maresciallo, si era seduto accanto al suo letto.

«Lo abbiamo preso» aveva detto, «uno di Milano, Pietro Varoni, lo conoscete?»

Augusto De Angelis aveva fatto no con gli occhi, o magari nemmeno quello, ma non si era accesa una luce, a quel nome, e al maresciallo era bastato.

«Adesso proviamo a sistemare le cose e a tenerlo dentro. Magari torno per una deposizione quando sta meglio, eh!»

Suor Evelina lo aveva quasi cacciato in malo modo.

«Non vedete che sta male?» aveva detto.

E quello se n'era andato battendo i tacchi, ma chissà se erano i suoi, tutto l'ospedale risuonava di tacchi e di passi marziali, c'erano tedeschi in divisa che andavano e venivano.

Per una deposizione, poi, non era tornato nessuno, o forse lui dormiva e avevano rinunciato.

Aveva la febbre, sempre, e sputava sangue. Passavano le ore, passavano i giorni, e la nebbia non se ne andava, lui non riusciva a legare i fili dei suoi pensieri, come se ogni cosa che gli saltava in testa galleggiasse in una melassa bianca. E il dolore, certo, quello sempre.

Sembravano passati secoli da quella vita che aveva fatto. I cavalli, le serate a teatro, le signore con gli abiti da sera. E anche la vita da eccentrico gentiluomo, le scommesse, sì, anche le scommesse, erano una sua debolezza… e il teatro, i libri…

Quando era cominciato a franare tutto? Non lo sapeva, non c'era un momento preciso. Dava ancora la colpa al teatro? Che stupidaggine. *La giostra dei peccati* era stata la sua ultima occasione, e l'aveva lasciato con un cattivo sapore in bocca. Non era andata come voleva, un successo lo avrebbe salvato, il fiasco, invece, lo affondava. Ricorda la lettera che aveva scritto a Varaldo, alla Società degli Autori, che mancavano nemmeno due settimane alla prima di Genova:

> Per questa commedia si decide del mio avvenire non soltanto artistico, ma del mio avvenire finanziario immediato.[5]

Non era andata, ecco.

Ma dalle sue tante vite lui aveva saputo venire fuori e farne delle altre. Ora era la letteratura gialla, che dominava la scena. Van Dine, il vecchio Conan Doyle e

[5] Lettera di Augusto De Angelis al direttore della Società Italiana Autori, Alessandro Varaldo, datata 15 marzo 1928: *La giostra dei peccati* andò in scena per la prima volta il 30 marzo, a Genova, protagonista, nel ruolo di Delfina, Luciana De Cristoforis. La lettera è citata in: Bruno Brunetti, *Augusto De Angelis: uno studio in giallo*, Edizioni Graphis, 1994.

il suo Sherlock Holmes, Stevenson, Edgar Wallace... e poi tutti quegli americani che tiravano cazzotti, gangster, policemen, era uno spasso, ma anche una nuova moda, e lui ci si era buttato con il suo solito spirito entusiasta. «I Misteri Polizieschi», di cui era stato vicedirettore, era stato il primo periodico italiano dedicato al giallo, e poi la Collana Poliziesca delle edizioni Minerva, e poi ancora la Collezione Poliziesca delle edizioni Ariete, tutte testate e collane che portavano il suo nome, da qualche parte, e con le quali aveva preso a pubblicare i suoi romanzi, che avevano lanciato il suo uomo, la sua creatura, il suo Carlo De Vincenzi, un alter ego gentile e colto, un poliziotto poeta, figurarsi.

Il regime cominciava a imbizzarrirsi, troppe traduzioni straniere, troppe storie che venivano dall'Inghilterra, o dall'America. Avevano messo una regola: almeno il venti per cento doveva essere di autori italiani. C'era da lavorar bene, da inventarsi una nuova carriera...

Insomma, forse è vera quella stupidaggine che quando sei sull'orlo dell'abisso ti passa tutta la tua vita davanti, o forse è solo perché il dolore lo inchioda, non può far altro che infilarsi in quei ricordi sconnessi.

Beh, aveva fatto il giornalismo, e poi addirittura aveva sperimentato la radio, il teatro era stato un grande amore, e ora la scrittura dei gialli... anche quella a suo modo. C'era da star contenti, no?

Macché contenti!

Non era bastato nemmeno quello, anche lì le nubi si addensavano, gli spazi si restringevano. Il giallo non piaceva, non corroborava l'auspicato spirito dei tempi: niente delitti nella luminosa era fascista, banditi i suicidi, le deviazioni, il malcostume. Non volevano il torbido, il malsano che c'è nella vita. Che faccenda ridicola.

E anche il suo De Vincenzi non era sfuggito alle critiche, agli sberleffi... nell'epoca dell'Impero e delle baionette, un poliziotto che non tira nemmeno una sberla non era gradito. Ma non solo: non erano graditi i suoi interieur, gli ambienti di quei delitti. Case borghesi, maison di moda, grandi alberghi, sale da gioco. Una moralità sempre in bilico, chiaroscuri, morbosità sparse... non era quello che volevano, proprio no.

Ma lui continuava... si era adattato, aveva abbozzato, aveva apportato modifiche, limato, lui non voleva essere nemico del regime, quel che voleva era... una non belligeranza, ecco, ognuno per la sua strada. Ma gli spazi si restringevano. Le critiche si facevano minacciose. I lettori c'erano, oh, se c'erano! I Gialli Mondadori a cinque lire andavano a ruba e le collane di altri editori, anche quelle che aveva inventato lui, prosperavano, gli sembrava di essersi rimesso in piedi, eccome, anche! Però bisognava stare in guardia.

Ricorda che collezionava, ritagliandole dai giornali, le accuse più pesanti, più volgari, di gente che non capiva nulla, ottusi esecutori di ordini. E nel mirino, sempre quello: il giallo, la detective story, il poliziesco.

> Ci si domanda cosa si aspetta a fare un repulisti energico e purificatore di tutta questa zavorra di carta

sprecata, come ad esempio ha fatto il Giappone con la musica jazz...[6]

Se la prendevano con l'America, con l'Inghilterra, coi nemici, insomma. Lo aveva scritto anche Alberto Savinio, lo ricorda bene. Anche lui, che era un intellettuale vero, non come quei gazzettieri da due soldi a libro paga del regime... anche lui non aveva capito.

Il romanzo poliziesco è essenzialmente anglosassone. La metropoli inglese o americana, con i suoi bassifondi sinistri e popolati come gli abissi marini di mostri ciechi, le sue squadre di delinquenti disciplinati e militarizzati, le sue folle nere come l'acqua delle fogne, l'aspetto spettrale delle sue architetture, offre il quadro più favorevole, la messinscena più adatta al quadro del delitto. S'immagina male un romanzo poliziesco dentro la cinta daziaria di Valenza o di Mantova, di Avignone o di Reggio Emilia...[7]

Ricorda bene quanto ci era rimasto male. E forse no, forse Valenza o Mantova no, ma Milano... Non era forse la capitale morale, economica anche durante gli anni del passo dell'oca, dell'orbace, del salutare romanamente? Non era la città internazionale che...

Cretini. Non avevano capito niente... Non avevano capito che avere un Maigret italiano, che si muovesse

[6] Dall'articolo *Il salumiere e i romanzi gialli,* su «Il Bargello», 12 luglio 1936.

[7] Alberto Savinio, *Il romanzo poliziesco*, su «L'Ambrosiano», 23 agosto 1932.

qui, pensasse come si pensa qui, sarebbe servito anche a loro. Miopi! Idioti!

«Non deve agitarsi» aveva detto una suora giovane passando accanto al suo letto. Gli aveva sprimacciato il cuscino, sistemato le lenzuola.

E il dolore… che dolore…

7

Un senso di oppressione, un peso. Come se avesse qualcosa sul petto che lo spinge giù, che non gli permette di alzarsi. Le otto e venti, tardissimo, per i suoi standard. Così Manlio Parrini si sforza, e alla fine ci riesce, si trascina in bagno, poi comincia ad armeggiare con la moka e il senso di oppressione si attenua, qualche minuto e non ci pensa più.

Sono passati tre giorni dall'omicidio della vecchia Bastoni, e non è successo niente. La villa sembra un po' più lugubre, ma forse è solo un'impressione, alla mattina il cortile è in ombra, il sole non c'è, il cielo è velato, sarà per quello che, quando ha spostato le tende per guardare fuori, gli è sembrato tutto grigio e tetro. Che strano settembre.

I giornali hanno ricamato quel che potevano sull'omicidio della villa, ma meno di quel che si aspettava, evidentemente gli inquirenti non hanno chiacchierato, la dottoressa Sensini non ha parlato con la stampa, se non per le cose che si dicono sempre: "Vagliamo tutte le ipotesi" e "Stiamo valutando la situazione". Solo un cronista riporta una frase diversa: "Sì, abbiamo qualche elemento, ma certo non vengo a dirlo a voi", testuale, e a Manlio Parrini è sembrato di sentire la voce, un po' ironica un po' irritata, del sostituto procuratore. Quella donna gli sta sempre più simpatica.

Così i giornali si erano buttati sulla vittima, ma anche lì con qualche difficoltà, perché la vedova Bastoni non era famosa, non usava i social, non era una bella ragazza da dare in pasto al pubblico, quindi non avevano nemmeno una fotografia da esibire, una bella seccatura. Insomma, il giallo era ghiotto, le pagine della cronaca nera ci avrebbero ballato il loro sabba macabro, recitato i loro "dove andremo a finire" e spalmato la loro retorica sulla Milano preda del crimine ancora per giorni, in mancanza di altri cadaveri. Ma non potevano condire la loro vergognosa insalata con particolari piccanti o pietistici, figurarsi le foto delle vacanze o le pose in bikini, la vittima aveva l'età di Mosè, interessava un po' meno. Qualcosa c'era, però, anche cose che, della sua vicina di casa, Manlio Parrini non sapeva.

Il vecchio cavalier Bastoni, che aveva finanziato anche film e fondazioni, milionario mecenate d'altri tempi, aveva lasciato alla vedova un patrimonio niente male: una settantina di appartamenti a Milano, tutti messi a reddito, cioè affittati, una cosa che somiglia parecchio a una miniera d'oro, di quelle che non si esauriscono mai. Zone notevoli, tra l'altro, Porta Romana, Porta Venezia, un intero palazzo – ma di uffici, questo – in corso Sempione. La vecchia gestiva il suo patrimonio da sola, al massimo con qualche contabile che le dava una mano, per cui non c'erano società o amministratori a cui rivolgersi, non c'erano bilanci depositati chissà dove. Ancora una volta Manlio Parrini si sorprende a pensare che la storia sembra una storia antica, ma scaccia il pensiero dicendosi che è colpa sua, della sua ossessione.

Un nipote, ultracinquantenne, lavora a Londra, un pezzo grosso, dicono, e pare sia arrivato per il funerale, che si terrà quando gli inquirenti si decideranno a dare il consenso, dopo l'autopsia e tutte le procedure del caso. Anche lui non ha parlato con i cronisti. Ha qui, residente a Milano, una moglie inglese da cui è separato, e un figlio, quindi il pronipote della vecchia vittima. Poi c'erano dettagli sulla villa, perché i racconti "vecchia Milano" piacciono sempre: il pubblico che legge la cronaca sui giornali di carta è attempato e nostalgico, e la città dei grattacieli non è così romantica, preferiscono il primo Novecento.

La villa era abitata dalla famiglia Bastoni da una sessantina d'anni, praticamente da sempre. Un obbrobrio finto gotico della fine dell'Ottocento, quando in quella zona c'era solo campagna e qualche vecchia trattoria per contadini, mentre ora era un semicentro elegante, trapuntato di palazzi e di edilizia residenziale, per cui nel tempo era diventata la stranezza del quartiere. "Non sembra nemmeno Milano" a dire il vero, lo scrive un giornale solo, forse quello che a occuparsi del caso ha messo un ragazzino sottopagato alle prime armi. Fuori dal cancello, comunque, si è sistemata una pattuglia con due agenti di polizia, su una macchina bianca senza insegne, sono stati lì due giorni, e ora non ci sono più, forse passano ogni tanto, chi lo sa.

Sul famoso regista, sulla palazzina adiacente la villa, la dépendance, nemmeno una riga, ma Manlio Parrini non si fa illusioni, ci arriveranno.

Un impero immobiliare, dunque, una rendita con parecchi zeri. Questo forse spiegava la munificenza del cavalier Bastoni nel vendergli quella sua piccola reggia vetrata per pochi spiccioli. Ma anche questa è una fesseria, pensa Parrini, perché i ricchi non è che siccome sono ricchi regalano le cose, anzi.

Intanto, si era accorto di scostare la tenda delle finestre sul cortile più spesso di quanto faceva prima del delitto, e non per seguire il consiglio della Sensini, ma per una sua curiosità sincera. O forse perché, lavorando, leggendo, scartabellando tra le pagine dei libri sul giallo italiano degli anni Trenta, la censura occhiuta e ridicola del regime, le trame disegnate dal De Angelis e le elucubrazioni del suo commissario De Vincenzi, quell'alzarsi un minuto per sbirciare fuori sostituiva il gesto più naturale e ovvio: accendersi una sigaretta e trovarsela tra le dita quasi senza accorgersene. L'amico medico Dezzani sarebbe fiero di lui, anche se a questo pensiero Parrini ride un po': un omicidio per smettere di fumare, non sarà un po' esagerato?

Ora torna alle sue carte e si prepara alla giornata. Tra le mail arrivate ce n'è una di Luca Corrioni, proprio lui, il produttore, non un assistente, non una segretaria. Dice che a breve gli manderà delle facce, di cominciare a dare un'occhiata, anche se per parlarne meglio aspetta almeno una bozza della sceneggiatura. Suona come un rimprovero. Non era "quasi pronta"? E dov'è?

"Facce" vuol dire qualche involto con dentro delle fotografie che arriverà con un fattorino, oppure una cartella di file con i possibili attori del film, qualche proposta, qualche sensazione. È un modo per dirgli che lui, il produttore, la sta prendendo seriamente, la questione, ma niente di più. Buona notizia, comunque, le cose si avviano.

Manlio Parrini si rimette a leggere, prende qualche appunto, si rilassa con il secondo caffè, pensa quelle cose che pensano i vecchi: qualcosa succederà. E infatti succede.

A mezzogiorno meno qualche minuto è suonato il campanello. Strano, perché per arrivare fin lì, alla sua porta, bisognerebbe suonare il citofono al cancello, e invece... Manlio Parrini si alza, incuriosito, e quando apre la porta si trova davanti Carlos, il tuttofare di villa Bastoni. Ha una giacca scura su una camicia gialla, il che sembrerebbe già abbastanza incongruo, ma basso com'è, e tozzo, e muscoloso, un cubo, sembra davvero bizzarro, uno che non passa inosservato, ecco, con la sua faccia da indio e un sorriso gentile e guardingo.

Quando è seduto sul divano del soggiorno, Carlos Manolo Pinzago, si tormenta le mani, imbarazzato e confuso, come se si fosse preparato un discorsetto, e se lo fosse ripetuto più volte, ma ora non lo trova più, non sa da dove incominciare, le cose gli si complicano in testa. Parrini capisce, e lo aiuta. Gli dice del suo dispiacere per la signora defunta, non sa bene se si possono fare le condoglianze a una persona di servizio, forse sì, gli chiede di quella mattina, se si è spaventato, se gli inquirenti gli hanno dato molto fastidio, insomma, cerca di metterlo a suo agio.

È come aprire una bevanda gassata dopo aver agitato la bottiglia, perché Carlos parte e sembra non fermarsi più.

Era tornato con la spesa, quella mattina, tre giorni prima, era entrato nella villa, aveva portato le sporte in cucina e poi aveva cercato la signora per chiederle se ci fosse qualche faccenda da sistemare, ma quella non rispondeva. La domestica non c'era, era andata via qualche giorno, in Veneto, dalla madre malata, con grande disappunto della signora, e anche suo perché gli toccava pure pulire. Così aveva girato per le stanze finché l'aveva trovata, nello studio al piano terra, dove di solito riceveva per i suoi affari, riversa su un fianco. L'aveva chiamata, e poi scossa leggermente, fino ad accorgersi che era morta stecchita, già quasi fredda, con dei brutti segni viola sul collo. Allora era corso lì, alla dépendance, e aveva bussato e suonato, e forse anche gridato, finché si era arreso al fatto che non c'era nessuno, si era un po' ripreso e aveva chiamato la polizia. Era l'una passata da poco, lui era uscito per la spesa e altre faccende verso le nove, era andato al negozio dove lavora la moglie, che lava i capelli da una parrucchiera di corso XXII Marzo, e poi al supermercato. Era quello che aveva detto anche ai primi poliziotti arrivati, e poi ai pezzi più grossi, e poi a quella signora giudice, e poi altre duecento volte ancora. Nelle buste della spesa che i primi arrivati sul posto avevano trovato, appoggiate sul tavolo della cucina, c'era lo scontrino: Carlos Manolo Pinzago, l'indio di servizio, aveva pagato 36,52 euro, in contanti, alle 12.43 del 6 settembre. Sul tavolo c'era ancora il resto, 13 euro e qualcosa, perché la vecchia Bastoni era avara come Arpagone e contava i centesimi.

Ora Manlio Parrini si alza e torna con un bicchier d'acqua, che appoggia sul tavolino, quello ne beve metà in un sorso avido e tace, così tacciono in due, anche se c'è una domanda che ronza intorno e Manlio Parrini la fa solo con gli occhi: embè? Che ci fa lì, questo azteco metropolitano, a parte raccontare le cose come sono andate? Cosa vuole da lui?

Carlos non ci prova nemmeno a fingere di non capire. Così parla di nuovo, questa volta senza fretta e senza il ritmo indiavolato che aveva tenuto prima. E senza averne l'aria, fa due richieste. La prima contiene tutta la paura e l'incertezza del domani, che non è poca cosa. Che ne sarà di lui ora? Erano quasi dieci anni che stava al servizio della signora, un lavoro come un altro, ma lui non ha nessuna specializzazione. Sa guidare, come tutti, sa fare piccole faccende, riparazioni, lavare la macchina, galoppare di qua e di là tra Poste e uffici pubblici. E adesso? Non è che lui – lui Manlio Parrini – avrebbe bisogno di un domestico, di un uomo di fatica, di qualcuno che lo aiuti?

Per un piccolo attimo dorato, Parrini ha un pensiero fugace e volgare. Il maggiordomo! Ma si riscuote subito. Questa cosa degli interni borghesi degli anni Trenta va curata, in qualche modo, sta diventando grottesca, ride di sé. Però risponde con vero dispiacere: no, non gli serve un... come chiamarlo? Un aiutante, un domestico, un... non potrebbe nemmeno permetterselo. Però aggiunge subito che forse presto farà un film, e su un set c'è sempre bisogno di gente sveglia, ora non sa, ma può darsi che qualcosa salti fuori... E mentre mormora queste stupidaggini paternalistiche si accorge che per l'uomo che ha davanti non è quella la questione più pressante, ma un'altra. La villa, i sigilli della Procura, il fatto che lui, Carlos, non può entrare là dentro, dove ha lasciato anche cose sue, qualche vestito, dei documenti, nella sua stanza al primo piamo, poco più che uno sgabuzzino dove non dormiva quasi mai, ma dove si cambiava nella sua attività di Fregoli contemporaneo, ora la divisa da autista, ora i pantaloni da fatica... Non è una vera domanda, più la richiesta di un consiglio: come deve fare? Può entrare anche se ci sono i sigilli? Può entrare dalla cantina, o dalle portefinestre sul retro?

E ora eccolo, Manlio Parrini, con la faccia più stupita che sa fare, e non deve metterla su con fatica, perché gli viene spontanea. Entrare? No, ovvio, se ci sono i sigilli! La cosa più semplice è chiedere alla Procura, contattare l'ufficio del sostituto e far presente... Insomma, che domanda è?

«È un problema che avrà anche la signora Enrica» dice ora Carlos.

Sì, Enrica, la domestica della villa, metà cuoca, metà sguattera, metà governante, la vecchia evidentemente risparmiava sul personale.

«La mamma che stava male è morta l'altro ieri, Enrica mi ha telefonato, che tornerà dopo il funerale, tra qualche giorno e...»

Insomma, Carlos le aveva dato la notizia, della vecchia

strangolata e della villa sigillata, ma quella sapeva già tutto, perché era stata convocata dagli inquirenti, ovvio. Siccome era colpita da un lutto fresco, praticamente contemporaneo, le avevano fatto la grazia di interrogarla lì, a pochi metri dal corpo della madre defunta, ci era andato un vicequestore della polizia giudiziaria di Padova, per cui non si poteva veramente sapere se piangeva per la vecchia sua o per la vecchia di Milano da cui lavorava. Dell'interrogatorio Carlos non sapeva niente, ma restava il problema: sia lui che la cuoca avrebbero dovuto riprendere le loro cose, e avanzavano dei soldi, anche, e lui insisteva su certi documenti che aveva là dentro senza dire quali – Parrini non aveva chiesto – ed Enrica addirittura ci viveva, nella villa, aveva anche lei una stanza al primo piano…

Manlio Parrini aveva fatto fatica a congedarlo, dopo avergli raccomandato di chiamare la Procura, ma anche di non preoccuparsi, al ritorno della domestica avrebbero certamente voluto risentirla, e quello era forse il momento per chiedere… Insomma, cosa poteva farci lui? Cosa poteva consigliare al povero Carlos?

Intanto pensava che in quella visita c'era qualcosa di strano, di incomprensibile, ma pensava anche che attorno a un delitto ruotano moltissime cose, anche stupide, anche banali. Cose pratiche, che nei libri gialli non ci sono, dettagli sacrificabili e inutili. I vestiti di Carlos, per esempio, o della cuoca Enrica, sigillati all'interno della scena del crimine… E aveva pensato, inutile negarlo, anche al commissario De Vincenzi, che posava il libro che stava leggendo sotto certe carte sulla scrivania per interrogare questo o quel sospetto, e dai tratti del volto, dalle espressioni, dai toni di voce, dallo studio della personalità del soggetto, sapeva trarre intuizioni e tracce, sospetti di menzogne o segnali di verità.

> Egli, come credeva soltanto nel valore degli indizi psicologici, così soleva affidarsi all'ispirazione...[8]

Lui no, non era capace, o forse la realtà non è un libro scritto, dove si sistemano ad arte sensazioni e indizi per giocare a nascondino con il lettore.

Lo aveva accompagnato alla porta con quello che non la finiva più. Come avrebbe fatto adesso? E quali referenze avrebbe portato, per un nuovo lavoro, dopo che la sua padrona – dice proprio così, padrona – era stata ammazzata in salotto? E se davvero salterà fuori qualcosa per lui, glielo faccia sapere, mi raccomando. E...

Manlio Parrini aveva richiuso la porta con un certo sollievo. Non era da lui fare il confessore, e anche la consolazione dei sofferenti non era esattamente il suo campo. Anzi, di norma gli davano sui nervi, gli angosciati, i preoccupati, e con gli anni aveva accettato che le uniche angosce e preoccupazioni che contano sono le proprie, perché ogni anno che passa è un piccolo tassello di egoismo che si aggiunge agli altri, e non è giusto far finta che non sia vero. Invecchiare e diventare stronzi va bene, sì, ma con un minimo di onestà per riconoscerlo.

Senza pensarci, aveva scostato la tenda della vetrata sul

[8] Augusto De Angelis, *Il mistero delle tre orchidee*, Mondadori, 1942.

giardino e guardato fuori. Carlos era andato, come incerto, titubante, verso la porta della villa, facendo scricchiolare i sassolini del vialetto, ma non aveva salito i tre gradini che portano all'ingresso principale. Aveva invece girato un angolo, scomparendo alla vista per qualche istante e ricomparendo dopo nemmeno due minuti dalla parte opposta. Aveva fatto il giro, ma in quei pochi secondi, evidentemente, nient'altro. Forse aveva controllato che non ci fosse qualche finestra aperta, qualche pertugio, ma di certo non ci aveva perso tempo. Ora, sempre con passo lento, si avviava verso il cancello, dove Parrini non poteva vederlo, e lasciava il campo, sconfitto e sconsolato.

8

Troppi interni, troppi interni!

Manlio Parrini ha fame, e si rende conto che non può stare sempre in quella penombra ovattata della sua tana, a leggere, a lavorare con l'aria di non farlo, a scostare la tenda della vetrata che guarda il cortile. In più, conosce il suo metodo di lavoro, sa che per entrare nel clima di un film, per vederne le inquadrature, per decifrare le luci, gli serve immergersi, non solo immaginare il mondo che vuole, ma entrarci dentro. Però c'è un limite oltre il quale la faccenda diventa patologica, e ora è stufo di cappelli a cilindro, tranvai, belle signorine spaventate dalla pelle diafana. Si può girare un film in costume, sì, ma viverci dentro… Eppure non ha alternative a quell'immersione totale, e la trova a tratti anche divertente, come quando legge i giornali dell'epoca, online quando li rintraccia con le sue scarse doti da utente del web, o quando scorre le pagine nei microfilm impastati dell'emeroteca della biblioteca Sormani, in mezzo a tutti quei giovani che studiano per il futuro, mentre lui studia per il passato.

La lingua, le parole, la strabiliante naïveté, così poetica

e così posticcia, a sentirla oggi. Nelle sue sedute di ricerca e consultazione si sorprendeva a perdersi in minuscoli, assurdi dettagli, soprattutto negli annunci pubblicitari.

Nevrastenici! Voi digerite male!
Contro la stitichezza usate le pillole
Frerichs-Maldifassi.
Astuccio di 30 pillole Lire 3.

Sghignazzava come un bambino, si sentiva stupido, ma sapeva, sotto sotto, che tutte quelle scemenze gli creavano in testa un clima, un suono. Perdeva tempo, è vero, ma di quegli anni voleva la lingua, la retorica, il tono, le sfumature. Le stesse sfumature che trovava nei gialli del De Angelis, le parole antiche.

Troppi interni!

Così mette una giacca ed esce. Il cielo si è un po' aperto, ma il sole si nasconde. Cammina verso un bar che serve anche qualche piatto veloce, ma rinuncia quando vede la ressa. È l'ora sbagliata per mangiare qualcosa al volo, perché qui tutti mangiano qualcosa al volo, e vogliono metterci pochi minuti, che devono tornare al lavoro. Perché nella zona c'è un confine invisibile, come spesso a Milano, tra centro e semicentro, i luoghi del lavoro e i luoghi del sonno e della vita. Chi si stacca dalle scrivanie per la pausa cammina in gruppetti verso lì, all'ombra delle belle case di corso Plebisciti, verso piazzale Susa, e chi abita da quelle parti, per evitare la ressa dei divoratori di panini e insalate, si sposta nelle vie interne. Flussi invisibili, se non ci stai in mezzo, perché una città così è un organismo in movimento, un animale, più che un posto. Così allunga la strada verso una trattoria lontana dagli uffici, una cosa alla buona dove lo conoscono e dove finisce sempre a un tavolino in fondo, con il suo libro, o il suo giornale, a mangiare il piatto del giorno e a bere un bicchiere.

Cammina piano, e pensa.

Di Augusto De Angelis aveva letto persino le opere teatrali, tante, troppe, anche se il suo film riguardava l'ultima parte della vita, quella dei romanzi gialli, del commissario De Vincenzi, delle censure, delle teorizzazioni sul genere, del venire a patti, dei compromessi, delle note degli editori che gli chiedevano più prudenza, di adeguarsi di più, fino alla tragedia finale. Ma non gli importava. Doveva sapere tutto, doveva capire tutto, doveva *essere* De Angelis per scrivere un film su di lui. Così aveva cercato anche i testi precedenti, minori, per provare le stesse amare delusioni che aveva provato lui, uomo d'avventure, di reportage in Libia o di conferenze a Ginevra, di mondanità e di cronaca. E poi la polvere del palcoscenico, che era la sua passione vera, per tutti gli anni Venti, telefoni bianchi e commediole tragiche. Non era andata bene, i trionfi sperati non erano arrivati, anche se forse di quel mondo gli interessava di più il contorno, la società, attori e attrici, le signore impellicciate del pubblico. Che non sempre approvava, anzi quasi mai.

Aveva inseguito le recensioni e le critiche, sui giornali dell'epoca, e tutte finivano con una specie di smorfia… sì, ma… sì, però… mai un consenso aperto, mai un applauso convinto, cose così:

> Il pubblico che apprezzò molto il primo atto, al calar della tela applaudì tre volte, applaudì due volte non senza contrasti dopo il secondo atto, e una, tra disapprovazioni, durante il terzo.[9]

Insomma erano più fischi che ovazioni, e Manlio Parrini si sforzava di trovare in quelle delusioni giovanili, ma che sarebbero proseguite, il mood che sarebbe poi confluito nel personaggio del commissario De Vincenzi, pessimista e dark, ombroso, poco propenso all'ottimismo burbanzoso e sbruffone del regime, lontanissimo dall'Uomo Nuovo che la dittatura voleva forgiare. Andiamo, un poliziotto del Ventennio che leggeva Freud, che nascondeva nei cassetti della sua scrivania, in questura, *Le serpent à plumes* di Lawrence, addirittura l'*Eros* di Platone. Così poco fascista, insomma, così poco maschio e volitivo. Un'eccezione, una mosca bianca che voleva volare con le altre mosche, quasi tutte nere…

Ecco, doveva rendere tutto questo in un film, doveva metterlo nelle luci, nelle facce, nei movimenti della macchina, nelle parole… Sì, doveva guardare delle facce, aveva ragione il produttore, ma soprattutto aveva bisogno di Sara, del suo sguardo cattivo e critico, della sua ruvidezza… Dov'era finita, la ragazza?

[9] «Corriere della Sera», 28 maggio 1924, recensione della commedia *Bluff* di Augusto De Angelis all'Olimpia di Milano, compagnia teatrale di Virgilio Talli.

Gli stava dietro, adeguando il passo, un uomo grosso, con una borsa a tracolla e un impermeabile chiaro. Non voleva farci caso, ma era difficile da non vedere, perché nella via secondaria che portava alla trattoria non c'erano passanti. Parrini si ferma, allora, accende una sigaretta e riprende il passo, solo per constatare che quello dietro si è fermato anche lui, a dieci, quindici metri di distanza, e ora che lui riprende a camminare, anche l'altro si muove. Non un granché, come pedinamento.

Ora è entrato nella trattoria.

«Uno» dice alla signora che sta andando di qua e di là con due piatti in mano. Lei gli indica con il mento il solito tavolino in fondo, il suo posto. Gli piace quell'indifferenza. Gli piace il fatto che, pur conoscendolo, pur considerandolo un cliente abituale, non facciano smancerie, quasi nemmeno un saluto. Allora si siede, toglie la giacca, la mette sullo schienale della sedia e guarda distratto il foglio con il menu del giorno. Non fa in tempo ad alzare gli occhi che una sagoma chiara si staglia davanti a lui, l'uomo che lo seguiva, che scosta la sedia di fronte.

«Posso?»

Poi, senza aspettare risposta, e quando si è già seduto:

«Manlio Parrini? Il Maestro Parrini? Sono davvero onorato» questo lo dice allungando la mano destra da stringere, «Claudio Tarsi, "Corriere della Sera", possiamo fare due chiacchiere?»

Lui stringe la mano per riflesso condizionato e intanto pensa: eccoli.

Era ovvio, se l'aspettava. Si rimprovera di non avere pensato a una strategia, di non aver architettato un piano, di non aver nemmeno confezionato due frasette da dire per sostituire un «no comment» anglosassone, che suonerebbe un po' ridicolo.

«Se è per il delitto della vedova Bastoni, le dico subito che non so niente, non intendo parlarne con nessuno e non ho nulla da dire.»

La signora era venuta a prendere le ordinazioni. Parrini aveva chiesto un piatto di roastbeef freddo con le patate al forno, acqua minerale e mezzo rosso della casa.

«Lo stesso» aveva detto quell'altro. Si era praticamente invitato a pranzo.

Ora Parrini lo aveva guardato meglio, senza fingere di non farlo, lo aveva proprio squadrato. A cafone, cafone e mezzo, aveva pensato.

Era un omone grosso, sui quaranta portati male, più trasandato di come gli era parso sbirciandolo sul marciapiede. Aveva poggiato a terra la sua borsa e messo i gomiti sul tavolo, come per iniziare una discussione, o una chiacchierata.

«Lo so, mi perdoni, il mio lavoro e l'educazione non vanno sempre d'accordo. Se può servire a scusarmi, le dirò che sono un suo ammiratore, ma chi non lo è?»

Aveva un sorriso che cavava gli schiaffi dalle mani, ma insieme qualcosa di antico, come se fare il cronista fosse – e lo è – un lavoro d'altri tempi. Parrini lottava tra due sentimenti contrapposti, la seccatura per quell'intrusione così plateale, e una sotterranea simpatia.

«Lasci stare le lusinghe, non ho niente da dirle.»

Ostentatamente, aveva aperto il libro che aveva portato

con sé, il che significava: faccia un po' quello che vuole, non aggiungerò altro.

Ma quello, il cronista Claudio Tarsi, non si era fatto scoraggiare, ovvio. Aveva parlato lui, interrompendosi solo all'arrivo dell'acqua e del vino, per poi riprendere svelto.

«Non ci crederà, ma non voglio tirarla in mezzo in un caso di omicidio solo perché vive nello stesso cortile della vittima... Però... il grande regista, l'indagatore implacabile de *Le verità spezzate* che abita quasi sulla scena del crimine... ammetterà... Mi interessa il suo parere, Maestro, di più, mi interessa il suo sguardo.»

«Mi lasci in pace.»

«Sì, certo. Ma le dico cosa succederà. Come l'ho saputo io, che il Maestro Parrini abita accanto alla villa della vedova Bastoni strangolata, lo sapranno tutti. La aspetteranno sotto casa, le telefoneranno, la assedieranno. Io no. Ci sono cose che non si possono scrivere su questo delitto della villa, non ancora, almeno, e tutti lo tratteranno così, un caso come un altro. La Procura sta abbottonata, la Sensini è una che sa il fatto suo, ma in questa indagine non è... proprio libera, ecco...»

Diceva e non diceva, buttava lì delle cose, evidentemente voleva incuriosirlo.

«Bel tentativo, ma non funziona. Le ripeto che non ho niente da dire, che è quello che ho detto anche alla sostituta procuratrice, tra l'altro.»

Ecco la carne, le patate, appoggiate sul tavolo senza una parola, dalla donna che li serve, che se ne va subito.

«Le propongo un patto» aveva detto l'uomo grosso addentando un pezzo di pane.

Parrini aveva lanciato un'occhiata che voleva dire alcune cose precise: non faccio patti con nessuno, lei non è nelle condizioni di offrire patti o alleanze, le sue proposte non mi interessano. Ma forse nel suo sguardo doveva esserci un barlume di curiosità, perché quell'altro era andato avanti come se niente fosse, come se lui non avesse nemmeno alzato gli occhi dal piatto.

«Non la disturberò e non le chiederò nulla, Maestro. Il patto è che quando vorrà, quando sarà il momento, mi concederà un'intervista... il famoso regista che si trova accanto al crimine, una cosa così...»

Parrini sta per ridere, che razza di patto sarebbe?

«In cambio le dirò io qualcosa che non sa, per esempio chi era veramente la vedova Bastoni, o perché la Procura sta lavorando con le mani legate...»

Ora, senza volere, lo sguardo di Parrini contiene davvero un punto di domanda. La Sensini non sembra una manovrabile, e perché poi? La ricca vedova strangolata, va bene, è un bel caso per montarci la panna dei giornali, ma cosa c'entrano quelle allusioni?

«Vede che le interessa?» aveva sorriso Claudio Tarsi. E aveva cominciato a parlare, e lui ad ascoltare, rallentando senza volere il ritmo del suo pranzo.

Il caso era un po' spinoso, aveva detto quello, per vari motivi. Il primo, che nessuno ha detto e nessuno ha scritto, è che la signora ammazzata è in qualche modo parente di un pezzo grosso. Il nipote, il figlio della sorella del cavalier Bastoni, è un importante burocrate in bilico tra finanza e politica, che il governo manda in giro per l'Europa a sistemare faccende spinose, con un ruolo alla Banca Centrale Europea e la fama di essere uno che risolve i problemi, fa pressioni, un lobbista di altissimo livello.

«Sta muovendo mari e monti, con il ministro, con il procuratore capo perché questa parentela non venga fuori, o non se ne parli troppo.»

Ora Parrini non nasconde più la sua curiosità, quel Tarsi è una miniera. E infatti l'uomo continua, mangiando con malagrazia e parlando con la bocca piena.

Dice che non ci sarebbe niente di male a essere parente di una che è morta, anche in quel modo, ovvio, senonché gli affari della vedova Bastoni non sono proprio specchiatissimi, ecco, e quello che si sussurra è che il suo impero immobiliare sia gestito in modo un po' allegro, molti soldi in contanti, in nero, poche tasse, e forse anche prestiti a strozzo, cose che vengono fuori quando ci sono tanti soldi che non risultano ufficialmente da nessuna parte.

Questo Tarsi è un buon narratore, pensa Parrini, mentre ascolta e non dice niente. Cerca di fare in modo che il suo interesse non traspaia, ma non è convinto di riuscirci. Continua a mangiare piano, masticando bene, sorseggia il vino con tutta calma, molto diverso da quando mangia di solito, da solo, che sembra aver fretta e voler tornare a casa di corsa.

«E poi» continua quell'altro «c'è che l'indagine è parecchio rognosa.»

Ma sì, questo si sapeva, niente telecamere, addirittura nemmeno un cellulare in uso alla vittima, la Sensini glielo aveva detto...

«Le ha detto anche degli indizi che non tornano? Le ha detto dei capelli biondi, capelli da donna, trovati sul cadavere? E delle tazzine del caffè apparecchiate sulla scrivania dello studio in cui la donna è stata uccisa?»

«Ma come fa lei...»

«È il mio lavoro, Maestro, sapere le cose.»

«Non le ho lette sul giornale, però.»

«Gliel'ho detto, non si può scrivere tutto.»

«E perché le dice a me?»

«Per il nostro patto, no?»

«Non abbiamo nessun patto, se lo metta in testa.»

Però, proprio in quel momento, gli era venuta in mente la preghiera della Sensini. Non proprio una preghiera, ma insomma...

«L'unica cosa strana che ho visto io e che mi ha stupito...»

L'altro si era fatto attentissimo, gli occhi erano diventati due fessure, un gatto che guarda il canarino sul davanzale della finestra.

«Beh, non hanno portato via niente, dalla villa. Avranno perquisito, certo, cioè credo, ma non sono andati via con scatole e buste, si sono limitati a mettere i sigilli.»

Però aveva aggiunto subito, come a spiegare che quella notazione era un suo pensiero bislacco: «Mah, io non me ne intendo, comunque, e se le devo dire la verità, non è che mi interessi poi tanto».

Come a significare: basta, discussione chiusa, non ho niente da dire e non dirò niente.

L'altro aveva sorriso con la sua faccia da sberle e si era

alzato, aveva preso la sua borsa e rimesso l'impermeabile chiaro.

«La lascio mangiare, mi perdoni ancora l'intrusione. È un mestiere bastardo, sa? Credo che ci risentiremo, ma si ricordi il nostro accordo. La versione di Parrini, il Maestro che guarda il crimine da vicino... Le verità spezzate, ma questa volta nel giardino di casa sua, sotto i suoi occhi... Buona giornata, Maestro.»

«Non abbiamo nessun accordo» aveva ripetuto Parrini, questa volta alzando un po' la voce, ma quello si era già avviato ed era in mezzo alla sala, poi di spalle al bancone della trattoria.

Così, di malumore, Manlio Parrini aveva terminato il suo pranzo, aveva finito per bere più del mezzo litro che aveva ordinato, aveva chiesto un caffè e si era diretto all'uscita.

«Ha pagato il signore» gli aveva detto la donna al bancone, e questo aveva aumentato il malumore.

Arrivato davanti al cancello di casa, percorso in senso inverso il piccolo tratto a piedi che aveva fatto all'andata, si era trovato davanti due tizi. Uno giovane con l'aria annoiata e l'altro più anziano, al telefono, che aveva chiuso la comunicazione appena lui aveva svoltato l'angolo. Non si erano nemmeno presentati, avevano solo abbaiato qualcosa.

«Maestro Parrini, conosceva bene la vedova Bastoni?» il giovane.

«Possiamo parlare un attimo?» quell'altro.

Non risponde, non ascolta, cerca in tasca le chiavi

della porticina in ferro del cancello e le infila nella toppa, mentre i due gli rifilano altre domande come sberle:

«Era in casa al momento del delitto?»

«Può dirci cosa ha visto?»

La maledetta chiave non gira subito, fa un po' di storie, e proprio in quel momento si ferma un taxi. Eccone un altro, pensa Parrini, e invece dal taxi scende Sara De Viesti, una massa di capelli rossi che ondeggia nel soffio di vento che c'è, poca roba, ma basta a far vedere che quella non è una chioma qualsiasi. Si china a pagare la corsa con il telefono e poi è accanto a lui sul marciapiede, davanti alla porta che finalmente si è aperta.

«Il Maestro non ha niente da dire» sibila con una voce gelida.

«Solo qualche domanda...» insistono quelli.

«Quando il Maestro Parrini vorrà rilasciare qualche dichiarazione, lo farà attraverso il suo ufficio stampa, buona giornata.»

Che è come dire che la cosa finisce lì e tanti saluti, ormai lui è dentro, i piedi sui sassolini del cortile, e lei ancora sulla porta, che lo segue a ruota.

«E chi è il suo ufficio stampa?» chiede il giovane, che si è fatto un po' aggressivo.

«Stocazzo» dice sempre ghiacciata Sara De Viesti, il che chiude la discussione proprio mentre si chiude con un clac secco anche la porticina del cancello, loro dentro, i due rompicoglioni fuori.

Ora percorrono il vialetto ed entrano in casa, nemmeno un minuto e lei è già sul divano, nella sua posizione solita.

Solo ora lui vede che ha un borsone pieno di roba, come una borsa da palestra, che appoggia pesantemente sul tappeto davanti al divano.

«Grazie, ma me la cavavo da solo» dice lui.

«Sì, certo, non ho dubbi.»

«Ti avverto che non voglio parlare di questa faccenda.»

Lei si porta le mani al collo, come a mimare uno strangolamento e tira fuori la lingua. Poi ride: «Quale faccenda?».

«Che stronza. Dove sei finita? È una settimana che non ti fai sentire.»

«Ho studiato, ho fatto i compiti, ho fatto delle ricerche. Non ci stiamo occupando del tuo Augusto De Angelis? Non dobbiamo scriverci una sceneggiatura? O hai già cambiato idea?»

«Cambiato idea? Per niente! Anzi!»

«Bene, ora te la faccio cambiare io.»

Poi, senza dargli nemmeno il tempo di capire, di chiedere, di decifrare, aveva aggiunto:

«Non c'è nessun cold case, Manlio. Tutto è chiaro e limpido, i tribunali hanno detto la loro, le indagini anche, il caso De Angelis è chiuso che più chiuso non si può, non c'è nessuna storia, nessun romanzo.»

Aveva aperto la cerniera della borsa poggiata per terra e ci aveva affondato le mani, tirandone fuori tre cartelline colorate piene di fogli.

9

Di giorno, la luce gli brucia gli occhi. Entra da una grande finestra e lo ferisce.

Da quanti giorni è lì? Cinque? Sei? Ha perso il senso del tempo. Chiede, nessuno gli risponde. Ha imparato a capire le cose con le orecchie, solo ascoltando. Setaccia tra i rumori, i suoni, le parole, quel che accade intorno a lui, cerca di staccare i lamenti dei suoi compagni di stanza, e anche i suoi, dal suono generale, dall'impasto di fondo. Tacchi, quelli li sente bene. L'ospedale è pieno di tedeschi, di passi marziali, di ordini abbaiati. Da quel che capisce, da quel che sapeva prima del pestaggio e del ricovero, non gli si mette bene, ai nazisti. La zona intorno a Como è un fronte indistinto di battaglia, le bande della Resistenza danno filo da torcere, il territorio è impervio, per chi non lo conosce, è una terra di agguati, di imboscate, di impiccati con il cartello al collo: BANDITEN.

All'ospedale Sant'Anna, passano tra i letti, cercano ricoverati con ferite sospette, da arma da fuoco, intimidiscono i medici, solo suor Evelina li tiene a bada con i suoi urli d'aquila. Uno di loro si è chinato anche su di lui, ma poi se n'è andato senza dire niente. O se l'è sognato?

Per la maggior parte del tempo delira. Nel carcere, la polmonite se li portava via a mazzi, non c'era giorno che da qualche cella si alzasse il grido: «Secondino! Abbiamo un morto, qui!».

Doveva considerarsi fortunato di essere in un letto d'ospedale? Che fortuna, eh!

Tutto si accavalla, tutto si confonde.

Ma quel che sente – oltre al dolore, oltre all'oppressione di ogni respiro – è un senso di disastro. Non erano servite a niente le sue rinascite, le sue ripartenze, il suo reinventarsi ogni volta una vita nuova. La curva tragica del regime gli sembrava inevitabilmente intrecciata alla sua, capiva vagamente di precipitare insieme alla Storia dell'Italia, giù, in basso. E chi non precipitava? Non poteva dire di averci mai creduto più di tanto, a quello spettacolo di retorica bellica e razzista, ma convissuto sì. Prima i giornali, e poi il teatro, e poi quella che gli era parsa una nuova vita, una nuova primavera. I romanzi, le collane, i racconti. Gli era sembrato un rifugio, all'inizio, una specie di porto dove approdare, una fonte di guadagno, non eccessivo ma sufficiente, a patto di scrivere, scrivere, scrivere.

E poi con il tempo, con l'affinarsi del suo personaggio, del suo commissario De Vincenzi, aveva anche elaborato una sua teoria. Il giallo straniero piaceva al pubblico, ma non al ministero, la prevalenza di autori stranieri, più che altro inglesi e americani, non era gradita. E lui pensava a un giallo italiano, a qualcosa che avesse radici qui, che prendesse spunto dalla vita che i lettori vivevano. I lettori di qui, non quelli sulle rive del Tamigi o dell'Hudson.

> Vi dirò soltanto che io ho voluto e voglio fare un romanzo poliziesco *italiano*.
> Impresa ardua.
> Da noi manca tutto, nella vita reale, per poter congegnare un romanzo poliziesco di tipo americano o inglese. Mancano i *detectives*, mancano i *policemans*, mancano i *gangsters*, mancano persino, poveri a noi!, gli ereditieri fragili e i vecchi potenti di denaro e di intrighi disposti a farsi uccidere.
> Non mancano, purtroppo, i delitti. Non mancano le tragedie.
> [...]
> Questo è certo, ad ogni modo. Che se il romanzo poliziesco deve nascere anche da noi, ha da essere romanzo italiano, caratteristicamente nostro, luminosamente nostro.[10]

Che strano, però. In quello stato di dormiveglia e di dolore – con quella coltellata che sente nel petto a ogni respiro – gli sembra di ricordare tutto di quella sua conferenza.

[10] La *Conferenza sul giallo* di Augusto De Angelis, scritta tra la fine del '39 e l'inizio del '40, compare in forma ridotta nella prefazione di De Angelis al suo romanzo *Le sette picche doppiate* (Romantica mondiale Sonzogno, 1940). La versione integrale è pubblicata, a cura di Oreste del Buono, su «La Lettura» di marzo 1980, con il titolo *Conferenza sul giallo (in tempi neri)*.

Il suo manifesto poetico. La sua rivendicazione. Era quello che l'aveva perduto?

Era quello che l'aveva condannato?

Ma no, non poteva dire che ci fosse stato un fatto specifico. Semplicemente, non aveva ubbidito, semplicemente non era stato al gioco. Un po' sì, certo. Gli assassini delle sue storie erano quasi sempre stranieri, e mai, in nessun caso, riuscivano a sfuggire alla giustizia. Ma alle regole, a essere onesti, lui non si era attenuto, aveva scantonato, si era, per così dire, districato. Era Milano, il suo scenario, città littoria, da dove tutto era partito, nel '19. Aveva persino dimostrato simpatie per gli ebrei – addirittura – e usato in qualche dialogo il dialetto, cosa vietatissima.[11]

Era stato questo? Forse. Non aveva aiutato, ecco. Ma il più era altro, era altrove, e così capillare e diffuso, nei suoi romanzi, che non avrebbe potuto correggerlo con un tratto di penna, solo eliminando qualche paragrafo. L'ambiente dei suoi gialli, il milieu, la cornice, era sempre quella borghesia grassa e soddisfatta che passava da un défilé a un concerto alla Scala. L'Italia fascista, la Grande Proletaria, non si vedeva se non in controluce, e al centro della scena c'era sempre la classe alta. Il crimine non era dunque una faccenda di disperati, di marginali affranti e lombrosianamente predisposti al delitto, ma di signori e possidenti, di ricchi che forse al regime erano grati e devoti. Il suo "giallo italiano" dimostrava che non c'è argine al delitto, che non è questione di collocazione, o

[11] Ne *Il candeliere a sette fiamme* (Edizioni Minerva, 1936) De Angelis dimostra una certa simpatia per la questione ebraica, e usa termini in veneto, contravvenendo alle severe regole del regime sull'uso delle parole dialettali.

classe sociale o devianza, che nessun ambiente è in salvo dalla tragedia.

> Ognuno di noi, oggi, può essere un assassino o un assassinato.[12]

Ce n'era abbastanza per fare di lui un dissidente, un malvisto. Ma non solo: intorno a lui si stringeva il cerchio. Gli si era ficcata bene in testa la telefonata di Augusto Foà, il suo amico, il suo agente, il fondatore dell'Agenzia Letteraria Internazionale, quello che aveva portato ai lettori italiani un'infinità di talenti, di parole, di pagine, da Conan Doyle a Kipling, a Simenon. Era lui che gli procurava i contratti, che piazzava i suoi romanzi, che aveva fatto la trattativa con Mondadori per questo romanziere italiano ormai noto, il De Angelis, che l'aveva portato ai Gialli Mondadori, la casa madre, la corazzata del libro, anche se per poche migliaia di lire a romanzo.

Si ricorda di come trattenesse le lacrime, di come gli dicesse con voce tetra: «Tutto questo non può più essere, amico mio», perché le leggi razziali non gli permettevano di guidare un'azienda. Le ingiustizie diventavano enormi, insopportabili. Il cappio si stringeva. Lui continuava a scrivere i suoi gialli, sempre più stretto tra regole assurde, censure annunciate da brevi messaggi per posta: "Vi sarebbe qualche correzione da apportare, sapete, per prudenza...".

[12] Augusto De Angelis, *Conferenza sul giallo.*

Ha sentito qualche parola volare intorno al suo letto. «Poche speranze» ha detto una voce maschile. Forse un medico. E poi una suorina che mormorava una preghiera. Parlavano di lui? Era finita, dunque?

Anche aver pensato che fosse finita era stato un errore. Ma non lo pensavano tutti? Dopo il 25 luglio, con il duce prigioniero, la fine era sembrata imminente, è quasi fatta, sembrava di sentire il sospiro di un'intera Nazione. Lui era persino tornato al giornalismo, incredibile, alla «Gazzetta del Popolo» di Torino, dove c'era un nuovo direttore – nuovo corso, nuovi uomini – che l'aveva chiamato. Inutile cercare la sua firma, faceva, come si diceva, "la macchina", riceveva corrispondenze, ordinava articoli, metteva in pagina. Un giornale prudente, di un Paese ancora in guerra, ma dove si leggevano cose impensabili fino a qualche giorno prima. Ricorda ancora il primo editoriale del nuovo direttore, Tullio Giordana, pubblicato il 29 luglio, e di come lo avesse letto ai redattori riuniti, e ricorda quella commozione che li aveva presi tutti, in un pomeriggio torinese afoso e febbrile.

> La libertà è come l'aria che respiriamo, un elemento dell'aria. Sì, si può respirare anche senza, ma fa male e alla lunga ci si asfissia. [...] Ecco perché quando ho preso la penna in mano mi sono trovato a parlare di libertà. Perché basta fare questo nome per segnare un programma. In fondo, l'essenziale è questo.[13]

[13] L'editoriale di presentazione del nuovo direttore della «Gazzetta del

Libertà. Gli era sembrata una parola nuova, non vuota come le parole di quei vent'anni assurdi e feroci. Libertà – lo aveva pensato con un po' di vergogna – poteva voler dire tante cose, anche scrivere gialli che non incappassero nelle ire di qualche censore ottuso. Per paradossale che potesse sembrare, libertà poteva anche significare un assassino di nome Brambilla, o Rossi, non per forza O'Riley, o Smith.

Come aveva potuto illudersi così? Come avevano potuto, loro che pure erano intellettuali, colti, vecchie volpi acquattate nei giornali, mimetizzati in attesa di tempi migliori, cascarci, in quel modo, con tutte le scarpe?

Erano stati giorni, mesi, di oscillazione febbrile tra l'ottimismo e la tragedia. Ora ricorda la mattina del 14 agosto, con le notizie che arrivavano convulse e la prima pagina del «Corriere della Sera», che sfogliava per dovere ogni giorno:

NUOVO BOMBARDAMENTO
"MOLTO PESANTE" SU MILANO
Il Duomo e la Galleria danneggiati – Intere strade demolite
Ancora cliniche, musei e opere d'arte colpiti o incendiati[14]

Popolo», Tullio Giordana (1877-1950), compare in prima pagina il 29 luglio 1943. Volontario in Abissinia e nella Seconda guerra mondiale, da maggio 1944 partecipa alla Resistenza in Val Chisone entrando nella Brigata autonoma Val Chisone, nome di battaglia Delfino.

[14] «Corriere della Sera», 14 agosto 1943.

Oh, non era certo il primo bombardamento alleato, ma questa volta il Bomber Command britannico aveva fatto un lavoro massiccio: 504 aerei, 321 Lancaster e 183 Halifax, 2000 tonnellate di bombe, 380.000 spezzoni incendiari. Lui, alla sua scrivania di Torino, con accanto il telefono, e il telegrafista che andava e veniva di corsa, valutava e leggeva le notizie. E così aveva saputo che la questura, la sua questura, in piazza San Fedele, l'ufficio spoglio e tetro del suo commissario De Vincenzi, la tana del suo poliziotto poeta, non c'era più. Era stato un colpo – una sciocchezza in quella tragedia di milanesi bombardati dall'alto – che gli aveva fatto male. Il fascismo l'aveva ostacolato e seguito, angariato, censurato, e ora la guerra spazzava via i suoi posti, le sue vie, gli orizzonti famigliari in cui aveva fatto muovere i suoi personaggi, la Galleria, il Duomo, palazzo Marino. E la questura di piazza San Fedele.

> Tutta Milano è stata straziata nel suo corpo, ha provato la furia del nemico sulle sue case e i suoi uffici, i suoi palazzi, le sue chiese (…) Anche il palazzo accosto alla chiesa di San Fedele e vegliato dal monumento a Manzoni, è stato segnato dal fuoco.[15]

Di tutte le offese di quegli anni, quella barbarie dal cielo – un bombardamento di civili, né più né meno – gli era sembrata la più grave, perché toccava posti che aveva percorso mille volte e che per questo aveva fatto percorrere al suo commissario, ai suoi poliziotti così poco violenti e

[15] «Corriere della Sera», 14 luglio 1943.

fascisti, ai suoi banchieri assassinati, alle signorine con la veletta, ai farabutti ben vestiti e all'alta società sconvolta dai suoi crimini inventati.

È vero, la sua Milano si fermava ai bastioni, alla cerchia dei Navigli, erano tempi in cui la periferia si chiamava semplicemente campagna. Era una Milano, la sua Milano – sua e del suo commissario – sempre composta ed elegante, che si concedeva qualche scintillio da capitale europea, un po' Vienna, un po' Parigi, nei piccoli assembramenti fuori dalla Scala, nelle serate giuste, o nelle luci della Galleria, il salotto della città, dove si andava per vedere e per farsi vedere. Ma il meglio di sé lo dava nelle botteghe, nei cortili, nell'operoso affannarsi, nei volti dei camerieri con il tovagliolo sul braccio che facevano piccoli inchini agli avventori. Come amava quella città, lui che pure non ci era nato, il suo tessuto di umanità, così imprevedibile che il bottaio poteva, per la strada, incrociare la contessina. E ora...

Una ferita, ecco. Non meno dolorosa di quella che sente al petto ogni volta che respira.

Come avevano potuto credere che fosse finita?

Infatti non era finita per niente. L'8 settembre era forse una buona notizia, ma soltanto sotto la Linea Gotica. A Milano no. A Torino no. Alla «Gazzetta del Popolo» ci avevano messo pochi giorni a fare il repulisti. Il giornale tornava a essere un megafono del regime, chi lo aveva raddrizzato in quei pochi mesi se ne andava, o veniva cacciato, o addirittura doveva sparire, nascondersi, capire di cosa avrebbe vissuto da lì in avanti.

Lui, Augusto De Angelis, il romanziere, si era spostato

in fretta, non sapeva se lo avrebbero cercato, ma meglio sparire. La faccenda di Firenze, quel fattaccio, avvenne dopo, quando vagava senza saper bene dove rifugiarsi.

Ma ora tutti questi fatti si accavallano, si intrecciano, si confondono. Ora sente solo che la luce si è abbassata, il sole non gli ferisce più gli occhi. Suor Evelina si è avvicinata con una siringa e gli ha fatto quell'iniezione benedetta che gli dà un po' di tregua.

È passato un altro giorno. Quanti ne ha ancora?

10

Ora si mettono a lavorare.

Le cartelline che Sara De Viesti ha estratto dalla sua borsa, che chissà, contiene forse anche altri tesori, sono piene di fogli, le sue ricerche. In una settimana aveva raccolto più materiale di quanto aveva fatto lui in qualche mese. Ma era giusto così. Lui, il Maestro, aveva altre cose a cui pensare. La luce, l'angolatura da dare a quella storia bislacca e sghimbescia, lo spessore dei personaggi, e soprattutto del personaggio. Cosa volevano farne? L'intento era evidente: non era tanto la storia di Augusto De Angelis, che avrebbe mosso ogni cosa, ma la sua essenza di uomo libero, aspirante libero, in un contesto che la libertà non la permetteva, non la tollerava, non la poteva consentire a nessuno. Aveva tentato di spiegarglielo, e Sara De Viesti si era messa ad ascoltare: per quanto complicato, diceva Parrini accalorandosi, quello era il primo passo. Il clima, l'ambiente, l'aria tutt'intorno.

«Non stiamo parlando del partigiano Johnny, Sara. Stiamo parlando di un borghese della classe alta, di una persona colta, forse un dandy, un eccentrico che legge libri stranieri, che scommette sui cavalli, che scrive pièce teatrali. Non un aperto oppositore del regime, ma uno che dal regime viene schiacciato lo stesso, ci rimane in mezzo, si fa stritolare.»

Sì, questo era chiaro. E man mano che lui parlava, lei estraeva dalle sue cartelline le pezze d'appoggio, le prove, le sottolineature, quasi sempre documenti dell'epoca.

Manlio Parrini, ora, si sentiva bene. Non aveva più intorno niente a disturbarlo, non pensava più alla vecchia strangolata, né ai cani molesti della cronaca appostati fuori dal cancello verde. C'era solo quel chiacchierare fitto, quel mettere insieme sensazioni, documenti, ritrovamenti in vecchi libri che li facevano balzare sulla sedia, come quando, componendo un puzzle difficile, trovi il pezzo giusto. Nessuno gridava Hurrà!, ma come se.

Non c'era ancora la sceneggiatura, no, ma Sara aveva messo giù una sinossi precisa che poteva diventarlo presto. Una ventina di pagine: da dove sarebbero partiti, dove sarebbero andati, per quali strettoie, o curve, sarebbero dovuti passare. Dal romanzo popolare, il giallo, un "romanzo da tranvai" come qualcuno diceva all'epoca, che sembrava uno spazio libero, di svago, a come quello spazio libero si era ristretto. E lui, lui De Angelis, che ci nuotava in mezzo, un po' facendo concessioni, un po' rivendicando la sua diversità, un po' innovatore, eversivo, quasi, ma anche disposto al compromesso, cedevole ai dettami dell'ideologia corrente, se questo poteva aiutarlo a sopravvivere, a permettergli di fare quel che sapeva fare, cioè scrivere, raccontare.

Si chiede se di quella donna giovane, che capisce al volo, che lo segue quando lui spiega sottilissime sfumature nella personalità del personaggio che vuole costruire, potrebbe in qualche modo innamorarsi. Ma è una stupidaggine. Potrebbe essere sua figlia, intanto, e poi innamorarsi cosa vuol dire? Stanno costruendo una storia, insieme, stanno ricostruendo una vita, anche se sanno che non sarà una biografia. Si può chiamare innamoramento, questo viaggiare perfettamente allineati, questo intendersi al volo?

Sembra più nuoto sincronizzato, pensa Parrini, o il quartetto di Miles Davis.

Divagano, escono dai confini e ci rientrano, si stanno divertendo. Il clima che il film deve avere piano piano si compone. Sara gli legge ridendo qualche frase, qualche chicca di quel regime oppressivo e ridicolo in cui si muove la loro storia, la «luce» di cui parla Manlio Parrini, quella che deve contenere tutto, che deve irradiare da ogni scena. Le veline del MinCulPop, quella prosa esilarante e minacciosa che ne veniva fuori, quella con cui tutti i De Angelis al tempo di De Angelis dovevano fare i conti, accatastando disgusto e certo risate nascoste, scuotimenti di capo, compatimenti, ma anche temendo il peggio.

Chi ha detto che il ridicolo non può essere pericoloso?

Lui si era alzato per fare il caffè, lei lo seguiva con un librone in mano, leggendo, cogliendo fior da fiore dal manuale dell'idiozia fascista.

«Senti qui!» diceva. «Si ricorda che i furti fanno parte

della cronaca nera, che dev'essere limitatissima e pubblicata senza alcun rilievo.»

Lui metteva l'acqua nella moka.

«Ah! E qui!» Rideva. «Ignorare la Francia. Non scrivere nulla su questo Paese. Criticare, invece, sempre e comunque l'Inghilterra. Non prendere per buono nulla che venga da quel Paese.»

Lui metteva la polvere del caffè.

«Nessun trafiletto e tanto meno condanna contro le donne senza calze.»

Poi lei era scoppiata a ridere, un *fou rire* fuori controllo. «Senti questa!» aveva declamato staccando bene le parole, superando in volume il gorgogliare del caffè che saliva.

«Piantarla di occuparsi di Josephine Baker, sia pure per deplorare che altri se ne siano occupati.»

Capolavoro. La censura censurava i censori troppo zelanti. Manlio Parrini ha riso anche lui. «È questo che ci serve!» ha detto.

Intendeva l'idiozia del potere. Cosa voleva dire scrivere in quei tempi? Scrivere qualunque cosa. Era come camminare sulle uova, e così gli era venuto spontaneo:

«Chissenefrega di Augusto De Angelis, qui stiamo parlando di oggi, di noi!»

Naturalmente si erano occupati delle ambientazioni.

Parrini se le immaginava cariche, opulente. Gli interni borghesi con pendole e mobili lucidissimi, e poi le hall dei grandi alberghi, le sale dei casinò, le maison di moda, in contrasto netto con gli esterni, invece, scuri e nebbiosi, una Milano buia e torbida.

Lì, con quella luce, con quella poca luce, avrebbe fatto muovere il suo De Angelis, in eterno affanno tra case editrici, redazioni, appuntamenti. Lo vede camminare nelle strade che oggi sono un inno all'opulenza del mercato, e che allora erano solo strade del centro, senza semafori, con i tram e le macchine che si contendevano uno spazio affollato di pedoni. Le stradine dietro piazza della Scala, quelle che portavano alla questura di piazza San Fedele, erano un labirinto di case popolari e botteghe con una sola luce. Lo vede fermarsi davanti alle vetrine della libreria, la Hoepli, in via Berchet dal '35, perché prima era in galleria De Cristoforis, forse, chissà, controllare che qualche suo libro si affacciasse dagli scaffali, per rassicurarlo, per piccola vanità di scrittore. E poi su, per viale Littorio, fino alla piazza in eterna costruzione.

Il tavolino davanti al divano è una catasta di libri, fogli, volumi aperti a metà e poggiati con le pagine piegate a tenere il segno, o squadernate, fasci di fotocopie di giornali degli anni Trenta e Quaranta. Un tesoro.

Manlio Parrini cerca un libro e lo apre alla prima pagina. Legge.

> Pioveva a fili lunghi, che al riverbero dei fanali parevan d'argento. La nebbia diffusa, fumosa, penetrava coi suoi aghi nel volto.[16]

Dentro, le luci, i bagliori, i lussi decadenti e sazi, e fuori, invece, nero e fuliggine. Questo voleva! Il direttore

[16] Augusto De Angelis, *L'albergo delle tre rose*, I Libri Gialli Mondadori, n. 148, 1936.

della fotografia sarebbe stata una scelta fondamentale. E anche i costumi, ovvio.

Ma quel che era più urgente era il disegno complessivo, non ancora la trama o il ricamo, ma la stoffa da scegliere, il colore, lo spessore del tessuto. Manlio Parrini sapeva qual era il vero problema: raccontare una vita, e quindi rispettarla, per quanto si può, ma anche darle la curvatura di lezione universale, di metafora, di senso generale non tanto di quella vita, ma delle vite tutte, delle vite nostre. Era quello che aveva fatto de *Le verità spezzate* un capolavoro, ed era quello che voleva rifare.

Un equilibrio delicatissimo che la sua mano, la sua maestria, doveva rendere evidente.

Sara De Viesti l'aveva capito bene, e lo seguiva su quel terreno minato.

Aveva messo le mani su una delle sue cartelline, che ancora non era stata aperta, e sulla cui copertina c'è scritto a pennarello: COMPROMESSI.

Era forse il cuore delle sue ricerche, e una delle luci che, nell'illuminazione della storia nella «luce» che Parrini stava cercando, non poteva mancare.

«Augusto De Angelis si era, per così dire, barcamenato. Il teatro non gli aveva dato quello che si aspettava, anche se aveva pescato tra le dive del momento, nelle saccocce del regime. L'Adriana De Cristoforis de *La giostra dei peccati* era famosa per un film muto uscito nel '23, a celebrazione del primo anniversario della marcia su Roma, un polpettone immangiabile di retorica e propaganda, ma questo non significava nulla. Più interessanti erano due libri di De Angelis, del '36, *Hitler e il Reno* e *Intelligence Service. La fucina dello spionaggio inglese*, entrambi usciti per la casa editrice La Prora. Lavori giornalistici, non apologetici, ma insomma... Erano quasi discorsi programmatici, quasi avvisi appesi nella sua bacheca: "Io non sono ostile" diceva al duce e ai suoi gerarchi, "perché mi attaccate?".»

Si è messa un paio di occhiali, Sara De Viesti, e con quelli sfoglia i suoi appunti, e continua:

«Anche nel finale del suo primo romanzo giallo, nel '35, mette qualcosa di patriottico e di fascista: uno dei protagonisti, scottato dalla storia tragica che il commissario De Vincenzi ha risolto con la consueta abilità di detective intimista e letterato, tanto per cambiare, parte per l'Abissinia, va a fare l'Impero... un bel riscatto, no?»

Ma poi c'era tutto quello che irritava il regime. Le regole erano chiare. Nei gialli italiani l'assassino era meglio che non fosse italiano. I suicidi diventavano morti misteriose, o incidenti automobilistici, nessuno si toglie la vita nel paradiso littorio! E mai, mai, mai, il farabutto, o l'assassino, doveva farla franca. Ne sarebbe andato dell'onore della polizia fascista, farsi scappare un colpevole sotto il naso!

De Angelis aveva dovuto adeguarsi, ma si vedeva la forzatura, i suoi libri erano pieni di signorine O'Brian, di mister Bolton, di avventurieri che avevano compiuto crimini in Sudafrica, gente che si chiama Shanahan, o Crestansen... una fatica, farli vivere a Milano...

Hanno continuato per ore. Ogni parola era un dettaglio che si aggiungeva al quadro, ogni singolo episodio, ogni citazione, diventava per Manlio Parrini una nuova pennellata da dare alla sua luce, al film che prendeva forma. Ne prendeva troppa, forse.

All'ora di cena, lui aveva aperto le braccia sconsolato, non c'era niente, lì, di commestibile per due persone, solo da bere. E non voleva uscire, con il rischio magari di incontrare qualche altro ficcanaso a caccia del parere del Maestro sull'omicidio della vecchia Bastoni. Così Sara De Viesti aveva preso in mano la situazione, e aveva preso in mano anche il telefono, e nel giro di nemmeno mezz'ora avevano davanti, sempre sul tavolino di fronte al divano, una perfetta cena indiana, con profumi di curry e di cumino che saltavano fuori dagli involti bisunti.

In quella pausa, Sara De Viesti aveva scorso i giornali online, solo per staccare un momento, uscire dagli anni Trenta e tornare nel mondo reale.

«Il tuo delitto tiene banco» aveva detto ridendo. Poi gli aveva letto la pagina del "Corriere", l'edizione elettronica. Il titolo era *Nessun sequestro nella villa dei misteri* e si diceva, in poche righe, che gli inquirenti avevano perquisito la villa, sì, messo i sigilli, certo, ma non avevano portato via niente, né documenti né prove, e la cosa sembrava strana, abbastanza strana da farci il titolo.

Manlio Parrini aveva sorriso, ma non aveva spiegato nulla, né del suo incontro con il cronista né della richiesta che gli aveva fatto la Sensini. Spiegare avrebbe portato via tempo, e lui voleva tornare là, negli anni Trenta, non voleva perdere il filo di quella costruzione che stavano facendo in tandem, in duello, in accoppiata.

Non ora, comunque, che avevano raggiunto il punto a cui entrambi sapevano di dover arrivare. L'omicidio, la fine di Augusto De Angelis, il pestaggio sul lungolago di Bellagio, il 2 luglio del '44.

Qui Sara De Viesti si era fatta guardinga, perché lei sosteneva che il caso era chiuso, e aveva preso in mano una delle sue cartelline, quella con scritto sopra MORTE, e dentro pochi fogli spiegazzati, sottolineati a matita, o resi luminosi da un evidenziatore fluo.

«Te l'ho detto, non è un cold case, il caso è risolto.»

«Uno è vivo, e dopo è morto, Sara, il caso non è mai risolto.»

«Per la legge» dice lei.

Manlio Parrini aveva guardato il soffitto, aveva trattenuto il respiro per un po' e poi aveva fatto il suo discorso.

«Me ne sbatto i coglioni della legge, Sara. E anche dei tribunali. Ho letto le biografie, ho letto qualche ricostruzione. Quella storia non è chiara. Che qualcuno abbia voluto metterci un punto, lo capisco. Troncare e sopire. Dimenticare, passare ad altro, la vita continua. Ma c'è stato un omicidio, ed è un omicidio che è rimasto impunito. E tutto quello che abbiamo detto per tutto il giorno sulla vittima di questo omicidio, il clima, la luce, i compromessi, i cedimenti, le verità, le bugie, le veline, i gialli, la Milano degli interni borghesi, la Milano lugubre dell'esterno notte... tutto, tutto, ci dice che la storia va raccontata. Tutto, cazzo! Va scavata. Inventata, se vuoi. Ma deve venire fuori nella sua banalissima gloria.»

Aveva quasi urlato.

C'era da capirlo, difendeva il suo film, la sua idea. Difendeva la «luce» che aveva deciso di dargli.

«Ne parliamo meglio domani» aveva detto lei.

Si era fatto molto tardi, quasi l'una, lei era stanca, e anche lui, parlavano e lavoravano da quasi dodici ore. E quell'aspetto della faccenda, l'omicidio di Augusto De Angelis, doveva essere trattato con lucidità, senza gli occhi che si chiudevano, senza nessun cedimento per stanchezza, senza evitare la discussione.

Si erano dati appuntamento per il giorno seguente, sempre dopo pranzo, e lei aveva ammonticchiato le sue cose, i libri, le cartelline, i documenti, in una piccola piramide quasi ordinata. Era uscita praticamente di corsa, il tempo di aspettare un taxi, perché non voleva perdere tempo in saluti e salamelecchi. La dépendance della villa Bastoni gli sembrava vuota, senza quei capelli rossi che si agitavano, senza quella voce che lo interrompeva, che lo contraddiceva.

Manlio Parrini era andato a dormire.

Il letto è dietro una parete mobile, una libreria riempita da un lato e dall'altro, che nasconde, anche se non del tutto, la zona notte dal resto. Ma non dormiva bene. Si agitava, pensava, si svegliava. Pensava alla «luce», a quella sensazione felice e impaurita di quando la tua tela bianca si riempie e a ogni pennellata aumentano i dubbi, le domande. Ci sarebbe riuscito? Avrebbe portato a casa quel film come lo voleva lui? Non un film su uno scrittore di gialli degli anni Trenta, ma un film su di noi, sui tempi bui, sulla dittatura del conformismo, sul nostro piccolo cedere spazi di libertà perché ci sembrano dettagli trascurabili. Era questo il passaggio prezioso, era questo il tocco di monsieur Parrinì.

La cena indiana ha i suoi effetti collaterali, però. Una sete inestinguibile, un bisogno di liquidi. Così guarda la sveglia, sono le quattro meno dieci. Si alza, non senza un certo sforzo da settantenne, e raggiunge il frigorifero. Non accende la luce, non c'è buio pesto e le tende sulla grande vetrata fanno filtrare un po' di chiarore da fuori, la luna.

In mutande, davanti al frigorifero aperto, bevendo avidamente da una bottiglia di plastica, Manlio Parrini sente un tonfo. Come qualcosa che atterra sul terreno. Poi uno scricchiolare impercettibile dei sassolini del vialetto, in giardino. Forse questi se li è immaginati, ma il tonfo no, quello lo ha sentito bene. Ha guardato l'orologio, le 3,57. Poi è quasi corso alla tenda, cinque passi veloci e l'ha scostata piano.

Una sagoma nera si è spostata dal muro accanto al cancello e ha camminato piano fino a un lato della villa, poi è scomparsa. Chiunque sia, ha scavalcato il muro, ha pensato Parrini, che ora è sveglio e vigile, frustato dall'adrenalina e dalla sorpresa.

Così ha preso una sedia e si è piazzato dietro la tenda, scostata ad arte di qualche centimetro, ma non ha visto né sentito più niente. Nessuna luce si è accesa, nessuna sagoma si è mossa. Niente di niente. È rimasto da solo lui, la sedia e l'orologio, che ha guardato a piccoli intervalli per due ore.

Le sei. È presto, si è detto.

Le sei e mezza. È ancora presto.

Alle sette meno dieci non ha resistito e ha cercato un numero nella memoria del cellulare. Una voce ha risposto subito, dopo un solo squillo. Non una domanda, solo una sillaba veloce e nettissima:

«Sì.»

«La dottoressa Sensini? Sono Parrini, si ricor...»

«Parrini, certo, buongiorno, Maestro, le sembra l'ora di disturbare una signora?»

Si vede che era sveglia, operativa, già ironica nonostante l'alba.

«Una signora non lo so, ma un sostituto procuratore...»

Poi le aveva detto dell'intrusione notturna, della sagoma che si muoveva guardinga in cortile, del fatto che lui aveva montato la guardia ma non era successo più niente.

«Non si muova di casa, arrivo in mattinata» aveva detto lei.

Poi il telefono era rimasto muto, Manlio Parrini aveva abbandonato la sua sedia e la sua finestra sul cortile ed era tornato a letto. Ora sì che aveva dormito. Aveva persino sognato. Sara De Viesti vestita come Josephine Baker che parte per l'Abissinia.

Vecchio pazzo.

11

Due macchine piene di uomini, alcuni in divisa, altri in borghese. Erano entrati nella villa, guidati dalla dottoressa Sensini e dal vicequestore alto, quello che aveva già visto.

Manlio Parrini guarda in cortile scostando la tenda, sono le otto e mezza, sembra che trottino dentro come pecore che corrono nel recinto, spinte dal cane da pastore. Si aspettava il suono del campanello, con la Sensini davanti alla porta, invece avevano puntato sulla villa, e da lui non era passato nessuno.

Vorrebbe mettersi al lavoro, leggere le carte che sbucano dal borsone di Sara De Viesti, oppure intaccare la piccola piramide di libri, documenti, cartellette, che lei ha lasciato lì. Ma non riesce a concentrarsi. Aspetta. Sposta di nuovo la sedia accanto alla finestra e si mette comodo, in modo da avere una visuale del giardino, sfoglia i giornali sull'iPad. Quell'aggeggio gli ha tolto anche l'incomodo di camminare qualche centinaio di metri, fino all'edicola. Chissà, magari se avesse un cane ricomincerebbe a sporcarsi le mani d'inchiostro.

Con sua grande sorpresa, l'indagine sull'omicidio della vedova Bastoni ha molto spazio, perché ci sono novità. *Omicidio Bastoni: c'è un fermato* titola «la Repubblica». E «La Stampa» mette la storia addirittura in prima pagina: *Svolta nell'omicidio Bastoni: un arresto nella notte.*

Così aveva letto avidamente, ma non c'era molto di più di quello che diceva il titolo. Il fermato è G. F., elettrauto, 42 anni, moglie e due figli, residente a Milano, nessun precedente noto. Sarà interrogato in giornata, la Procura non ha fornito dettagli.

Nelle pagine della cronaca c'è una sua foto, sua del Maestro, di Manlio Parrini. Piccola, antica, di quando aveva venti e forse anche trent'anni di meno, e lui ride a rivedersi così giovane, sul set. Uno scrive che accanto alla villa del delitto – c'è scritto proprio così, «la villa del delitto» – abita il famoso regista de *Le verità spezzate*, Manlio Parrini, che però non ha voluto rilasciare dichiarazioni. L'altro ci romanza un po' sopra, dice che forse lui, il famoso regista, ha visto qualcosa, il che è una forzatura piuttosto stupida, che certamente è stato interrogato, e che all'invito a parlare con i cronisti una donna che stava con lui li ha respinti in modo piuttosto brusco. La chioma rossa di Sara De Viesti ha vagato per qualche istante nella stanza, mentre Parrini ricordava la scena del giorno prima, con un piccolo scuotimento di testa e sconfinata ammirazione per la donna.

Bene, i danni sembrano limitati, perché la novità del fermo, il fatto che ci sia un sospettato, addirittura un arresto, è il piatto forte del giorno.

Quindi passa al «Corriere» con una certa apprensione.

Una pagina intera, in cronaca, sull'omicidio della vedova Bastoni. Manlio Parrini la scorre veloce, non c'è molto di più di quello che aveva letto ieri online insieme a Sara, mentre si avvelenavano con la cena indiana. Ovviamente il titolo è sull'arresto della sera prima, anche se qui non ci sono i toni da caso risolto e prevale la prudenza. Claudio Tarsi, il cronista che l'aveva seguito alla trattoria, che gli aveva offerto il pranzo, era stato di parola. In tutti i sensi. Lo citava, sì, non poteva non farlo visto che gli altri giornali avevano la notizia, ma senza fotografie dell'età dell'oro e senza enfatizzare: la sua presenza nel cortile del delitto era derubricata a piccola curiosità, una spigolatura, niente di più. Giustamente, anzi, si metteva in relazione il fatto che lui abitasse lì, a ridosso di villa Bastoni, con il fatto che il vecchio mecenate, il marito della vittima, avesse in passato finanziato un suo film, il più bello, il più fortunato, e certo era in quel modo che era nata un'amicizia...

Vabbè, un ricamo che non faceva danni.

Il patto era stato rispettato, insomma, ma anche di più: il suo sussurro sulle indagini, sulla perquisizione della villa, sul fatto che gli inquirenti non avevano portato via nulla, la menzogna che gli aveva suggerito la Sensini, era diventato addirittura il titolo di un piccolo corsivo: *Indagini al buio.* Si deplorava che la Procura non tenesse informata la stampa, che la Sensini, pur brava e preparata, come testimoniavano altre indagini chiuse con successo, non aveva nemmeno convocato una conferenza stampa, anche se si spera che oggi, con un fermato, si possa sapere un po' di più.

Poi in una riga – un evidente messaggio alla Procura –, si sottolineava che i dubbi della stampa sulla gestione del caso erano leciti, perché risultava che gli inquirenti non avessero portato via elementi probatori dalla villa, carte o documenti, che pure dovevano esserci, e che si erano limitati a sequestrare e sigillare tutto, lasciando lì materiale potenzialmente interessante.

"Inusuale, come minimo" concludeva il pezzo, solo siglato, C.T.

Fuori, in cortile, tutto tace.

Alle dieci e un quarto, finalmente, la Sensini e il suo vicequestore hanno attraversato il giardino, fatto scricchiolare i sassolini bianchi e suonato il campanello della sua porta.

Il vicequestore è rimasto in piedi accanto nell'ingresso, dopo una gelida stretta di mano, mentre la Sensini si è seduta sul divano, al solito posto e lo ha guardato con due occhi che chiedevano chiarimenti e un caffè. Poi ha congedato il poliziotto, che è tornato verso la villa. Manlio Parrini ha scostato la tenda per un secondo, e ha visto in giardino, in attesa, Carlos con una signora, certo Enrica, la cuoca-governante, forse in procinto di ritirare le sue cose dal luogo del delitto, o forse convocata per un nuovo, più stringente interrogatorio.

«Grazie» ha detto la sostituta procuratrice. «Ci ha dato una grossa mano.»

Si riferisce alla falsa notizia pubblicata dal «Corriere», quella sul mancato sequestro del materiale utile all'indagine, lasciato nella villa.

Ora Manlio Parrini è un po' stupito. Si aspettava un fuoco di fila. Chi aveva visto scavalcare il muro del cortile, quella notte? A che ora? Cosa aveva fatto l'intruso? Come se n'era andato? Invece niente. Credeva di aver aiutato le indagini, con il suo appostamento hitchcockiano, e invece quella non gli chiedeva niente.

Lui resiste per qualche minuto, porta i caffè, si siede e...

«Beh? Non mi dice niente?»

La Sensini aveva fatto una piccola risata e aveva spiegato.

«Sì, ci ha dato una mano, Parrini, ci ha aiutato a tendere una piccola trappola. Abbiamo messo delle telecamere là dentro» indica la villa con un gesto vago verso il giardino, «e adesso l'intruso che l'ha svegliata questa notte stiamo andando a prenderlo, avrà parecchie cose da spiegare, perché entrare in uno stabile sotto sequestro giudiziario, che perdipiù è il luogo di un delitto, di notte, scavalcando un muro, non è esattamente una cosa normale...»

«E chi è?»

Silenzio.

Manlio Parrini sta assistendo a un combattimento che avviene tutto dentro di sé. Non ha ancora capito se quel suo essere strumento di una trappola tesa dagli inquirenti sia una mossa eticamente giustificabile, diciamo che per il momento sospende la questione. Ma insomma, li ha aiutati, no? E si è anche dimostrato affidabile, non ha rivelato nulla al tizio del «Corriere» del suo incontro con la Sensini, muto come un pesce, a parte il dettaglio che lei gli ha suggerito di rivelare... E ora non ha in cambio... nulla?

È un po' seccato, e non lo nasconde. Anzi, decide di passare all'attacco.

«Lei non mi dice niente... Non mi racconta, anche se gioco per voi... che ingiustizia, eh!»

«Parrini, lei sa come vanno queste cose, il segreto istruttorio...»

«Ecco, a proposito di segreto istruttorio... perché non mi parla di due capelli da donna trovati sulla vittima? Oppure dell'assassino che ha bevuto il caffè con la vedova Bastoni prima di strangolarla?»

È un colpo basso. La Sensini incassa, ma si vede che non è contenta. «Merda» dice, e si fa pensosa. «Come le sa queste cose?»

Qualcuno dei suoi ha parlato, pensa, ma si capisce, c'era una folla là dentro, tra quelli della Scientifica, gli agenti, il medico legale...

«Quel Tarsi, il cronista che vi ha aiutato pubblicando le veline che lei mi ha suggerito... ecco, quello. Dice che il caso è complicato anche per motivi... diciamo politici, anche se forse non è la parola giusta, che non tutto si può pubblicare, ma i capelli biondi sulla vittima, e anche le tazzine sulla scrivania sul luogo del delitto sono dettagli piuttosto precisi, difficile che siano millanterie.»

Ora la sostituta procuratrice della Repubblica Chiara Sensini ha una faccia preoccupata che dice molte cose. Questa non ci voleva, dice, e anche: occazzo, si vede che sta valutando i danni di quelle notizie fuggite, le conseguenze che potrebbero avere sulla sua indagine. Tutto condensato in una sola espressione del viso.

Lui ha capito di aver preso il punto.

«Allora? Chi era l'intruso che mi ha svegliato questa notte?»

Lei ha posato la tazzina del caffè sul tavolino, tra le carte di Sara De Viesti, e lo ha guardato per un lungo istante. Tra poco sarà tutto pubblico, forse non è un grande rischio tener informato uno che li ha aiutati… E allora si decide.

«Matteo D'Onofrio, il nipote della vecchia uccisa… della vittima, pronipote, anzi, insomma, il figlio del famoso banchiere, o quel che è. Ha forzato una persiana sul retro della villa, questa mattina alle quattro e cinque, ha cercato qualcosa nello studio, c'è uno schedario e un armadio pieno di carte… cioè c'era, prima che le carte le portassimo via noi, ovviamente.»

«Che cretino.»

«Beh, sì, decisamente. Vede, a fidarsi della stampa? Deve aver letto il "Corriere" ieri, l'edizione online, e ha deciso che era il momento buono per cercare qualcosa nell'archivio della nonna. Cosa, non lo sappiamo ancora, ma lo sapremo presto, perché c'è un mandato di cattura che sarà eseguito a minuti…»

Il pronipote, pensa Manlio Parrini. E il tuttofare straniero. E la villa lugubre che sembra attrarre tutti come il miele con le mosche.

«Sembra sempre più una trama alla De Angelis, sa? Beh, a parte le telecamere, ovvio, ma…»

Poi gli viene in mente un'altra cosa, che stona, che non si incastra.

«E il fermato?» chiede.

In tutta la faccenda, che sa di faida famigliare lontano un chilometro, l'elettrauto non si incastra in nessun modo.

La Sensini risponde con una domanda.

«Cosa sa degli affari della vedova Bastoni, Maestro?»

«Mah, direi niente, quello che ho letto sui giornali. Immobiliare, credo, molti appartamenti, uffici, tutti a reddito, una bella fortuna, sembrerebbe.»

«Ecco, esatto, ma con qualche variante non proprio legale...».

«Mi racconta o devo chiamare il mio amico al "Corriere" e farmi dire da lui quello che non può scrivere?»

La Sensini si era alzata, aveva scostato la tenda e guardato fuori. In cortile c'era ancora Carlos, l'indio cubico, seduto sul muretto della fontana senz'acqua, la domestica Enrica non si vedeva più, i poliziotti erano tutti dentro la villa, forse la donna stava raccogliendo i suoi bagagli e rispondendo alle domande del vicequestore.

Era tornata a sedersi e aveva cominciato a parlare, come a fare un riassunto, forse serviva anche a lei ripetersi.

«Una settantina tra appartamenti, uffici e altri immobili, negozi, laboratori, cose così, investimenti del marito defunto. A reddito con un sistema perfetto... Quanto pagherebbe di affitto per un trilocale in Porta Romana, Parrini? Mille e cinque? Duemila? Bene, tutti i contratti sono regolari, tutti i versamenti su tre conti correnti della vittima puntualissimi, tracciabili, trasparenti, ma... Trecento euro di affitto? Quattrocentocinquanta per un'officina? Venticinquemila euro all'anno per quasi milleseicento metri quadri di uffici in corso Sempione? C'è qualcosa che non le torna, Maestro?»

«Non mi intendo di affitti, ma mi sembra poco... molto poco per una città come Milano, diciamo che siamo a un quarto, un quinto, dei prezzi di mercato.»

«Esatto. Tutto il resto in nero, in contanti, di persona, il che spiega tra l'altro il via vai alla villa e il fatto che la vecchia Bastoni avesse una specie di ufficio, al piano terra, il posto dove l'hanno strangolata.»

«Beh, è un'ipotesi.»

«No, Parrini, non è un'ipotesi, perché negli armadi e negli schedari... gli stessi dove il giovane nipotino è andato a frugare questa notte, abbiamo trovato la contabilità... diciamo quella vera, non quella ufficiale che il suo commercialista ci ha consegnato. Tutta perfetta, quella, compresa di dichiarazioni dei redditi, contratti d'affitto e bonifici bancari... la parte in chiaro, diciamo... La parte in nero era conservata alla villa. Tanto ordinata e perfetta che a fare i riscontri ci abbiamo messo appena un paio di giorni. A ogni affittuario con contratto regolare corrisponde una cartella con la contabilità reale... Uno pagava, che so, ottomila all'anno e poi versava alla vecchia Bastoni quindici o ventimila in nero, a volte in rate di tre mesi, altre di un anno...»

«Che follia, e nessuno ha mai detto niente? Nessuna denuncia?»

«Oh, qualche protesta ci sarà stata, ora li stiamo sentendo uno a uno... ma niente che sia arrivato fino a noi, alla Procura, intendo. Forse la vecchia era abile con gli sfratti, e poi uno ci pensa due volte prima di far casino... sa, Parrini, non tutti hanno una dépendance come la sua, trovar casa a Milano non è una passeggiata.»

«Sembrava un giallo di De Angelis, ma qui stiamo alzando l'asticella» dice ora Manlio Parrini. «Siamo a Raskol'nikov e alla vecchia usuraia di Dostoevskij!»

«Beato lei che ci trova da ridere.»

«E il fermato, allora? Mi faccia indovinare! Uno studente di San Pietroburgo diventato elettrauto!»

«La pianta?» ha detto lei. Ma un po' rideva.

«L'elettrauto, Giovanni Furlan, è uno di quelli che non ci stava. Era indietro con i pagamenti, e una bella mattina è venuto per litigare con la vecchia dei suoi debiti e degli affitti non pagati, la parte in nero, perché quelli ufficiali sono puntualissimi.»

«E basta questo per arrestarlo?»

«Beh, sa, Maestro, era proprio la mattina dell'omicidio, ore undici, più o meno, e l'autopsia certifica che la donna è morta tra le nove e mezzogiorno. Lui dice che la porta era aperta, è entrato e ha visto la signora stesa in terra. Si è spaventato, dice, ma non abbastanza, forse, perché invece di avvertire la polizia o di chiamare aiuto si è messo a rovistare nell'armadio, ha trovato la cartellina con il suo nome, l'ha presa e se n'è andato.»

«E voi ci credete?»

«Noi non crediamo a niente, Parrini. Noi crediamo alle prove e cerchiamo quelle. Certo, non è una bella situazione, la sua, ma io l'ho interrogato tutta la notte, avevo appena finito quando lei mi ha chiamato questa mattina e...»

«Non mi dica! L'intuito!»

Lei lo ha guardato fisso per un momento, presa da qualche pensiero.

«Non starà esagerando con la confidenza?» gli ha chiesto, a bruciapelo. Più che un rimprovero.

«Ha ragione, mi scusi. E come lo avete scoperto, se nessuno l'ha visto andare e venire?»

«C'erano settantadue affittuari nella contabilità ufficiale della vecchia, quella in mano al commercialista, quella pulita. E solo settantuno cartelline nella contabilità reale, quella chiusa nell'armadio della villa. Non è stato difficile, diciamo, e una volta capito chi mancava, ci è venuta una gran voglia di fargli due domande... ma prima abbiamo dato un'occhiata alle sue utenze telefoniche e... insomma... il suo cellulare ha agganciato questa cella, qui dove ci troviamo, tra le undici meno dieci e le undici e venti del giorno del delitto. Così le domande da fargli sono diventate quattro, e anche di più.»

«Che cretino. Un altro! È un'epidemia!»

«Sì, che cretino. Oltretutto ha lasciato un'impronta sull'armadio in cui ha frugato. Dica quel che vuole, Parrini, ma uno che va ad ammazzare la vecchia usuraia, per restare al suo Raskol'nikov, non si porta il telefono e generalmente non lascia impronte in giro.»

«Forse non sapeva che l'avrebbe ammazzata?... Un inverecondo impeto di rabbia?»

Ci è riuscito, a farla ridere. Finalmente.

«Lasciamo perdere, Maestro. Le ho detto fin troppo. Resta il nostro patto del silenzio, però. Ora mi dia un bicchier d'acqua e me ne vado.»

«E il caffè con l'assassino? L'altro indizio misterioso? I capelli di donna?»

«Non tiri troppo la corda, Maestro, si accontenti, per oggi.»

«E lei la smetta di chiamarmi Maestro.»

Poi la dottoressa Sensini aveva ricevuto una telefonata, una cosa brevissima, doveva essere una comunicazione di servizio. Lei aveva annuito e detto «Bene», nient'altro. Dopo ne aveva fatta una lei, con Manlio Parrini che fingeva di non ascoltare, in cui dava brevi e secche istruzioni: «Tenetelo lì. Davvero? Cazzi suoi. Certo, l'avvocato, sì. Che aspettino, qui non manca molto, comunque, sarà faccenda di un'ora o due».

«Il nipote?»

«Sì, mi toccherà interrogarlo. Ha una caviglia slogata. Se nemmeno i venticinquenni sanno più scavalcare un muro, siamo messi male, Maestro.»

Era il momento dei saluti e delle cerimonie, e quindi il momento in cui non ci sarebbero stati né gli uni né le altre, perché né lui né lei sono tipi da salamelecchi inutili. Ma arrivata quasi alla porta, alla Sensini è suonato di nuovo il telefono, e quando lei ha guardato il display ha fatto una faccia così, quella che fate voi quando in tasca non trovate le chiavi di casa, un misto di seccatura e sconforto.

«Mi scusi» ha sussurrato a Parrini, e poi ha risposto.

«Dica, capo.»

Poi silenzio, solo lei che ascoltava. E poi lei che rispondeva. «Veda lei, capo, ha scavalcato un muro per entrare in un edificio sottoposto a sequestro dove c'è stato un omicidio...»

Ancora silenzio.

«Ma quale stampa! Mi ha mai visto parlare con la stampa di un'indagine in corso?»

Ha alzato un po' la voce, non troppo, ma abbastanza quando si parla con il procuratore capo della Repubblica di Milano.

Di nuovo silenzio.

«Ma che cazzo me ne frega del famoso esponente e dei suoi avvocati... fossero anche l'intero Foro di Milano... c'è uno che si intrufola sulla scena di un omicidio e io devo far finta di niente? Sta scherzando, vero, capo? La telefonata del ministro? Cosa dovrei fare, secondo lei?»

Ancora silenzio, ma quello doveva aver un po' attenuato i toni, aveva parlato per un minuto buono, mentre la Sensini si faceva rossa in viso, furibonda.

«Ma certo, capo, tutta la prudenza del caso. Certo. Capisco.»

In qualche modo avevano siglato una tregua, questo lo avrebbe capito chiunque, anche sentendo la telefonata soltanto da una parte come aveva fatto lui.

«Il pezzo grosso muove le artiglierie, eh!» aveva detto Parrini.

«Stia zitto, per favore, non è il momento.»

«Eh» aveva detto lui con un sorriso, «le verità spezzate.»

Lei aveva già una mano sulla maniglia, ma si era girata e lo aveva guardato dritto, uno sguardo che forse riservava agli imputati più tignosi.

«Manlio, vaffanculo.»

12

Sara De Viesti ha telefonato, arriverà più tardi, ha un'idea per la prima scena del film, vuole proporgliela, ma sta seguendo una pista, dice che si può fare solo se trova certi documenti. Così ora Manlio Parrini sta studiando, ha messo in fila il materiale da leggere, e ha una lista da spuntare. Comincia da quella.

I luoghi, prima di tutto.

La Milano di De Angelis, cioè la Milano del commissario De Vincenzi, è già di per sé un personaggio del film. È una Milano piccola, minuscola, poco più della cerchia dei Navigli, e siccome le storie sono quasi sempre storie borghesi, di alta società e ricconi, e banchieri, e medici benestanti con molte amanti, e signorine diafane e filiformi, sta tutto in un palmo di mano. Da piazza San Fedele, dove c'era la questura, al Duomo, alle vie di Brera, a corso Littorio, che oggi si chiama corso Matteotti, perché non solo la Storia corregge gli errori, anche la toponomastica dice la sua.

De Vincenzi, per le sue indagini, si muove spesso a

piedi, o prende il tram per poche fermate, anzi il tranvai, oppure il taxi, anzi, il tassì, come bisognava dire ai tempi.

Ma quelle zone che oggi sono la vetrina della città, con negozi tutti uguali che potrebbero essere a Oslo o a Parigi, a Berlino o a Madrid, con gli schermi luminosi di pubblicità ammiccanti appesi sul Duomo, era allora un dedalo di vie buie, di ombre, di figure che sfumavano nella nebbia. Sì, la Milano di De Vincenzi è dark, è scura, è una piccola Gotham City, a dispetto della sua allure internazionale e delle raccomandazioni del regime, per cui il crimine non esisteva e non si doveva parlarne.

È il primo passo, pensa Parrini, l'aria lugubre e torbida deve esplodere poi nelle luci degli interni, tranne che nella tana del commissario, nella stanza umida e screpolata con il telefono nero e la scrivania piena di carte, sotto le quali, quando si affaccia qualcuno alla porta, lui nasconde i suoi amati libri.

Dunque il direttore della fotografia deve essere un maestro delle ombre, dei chiaroscuri, uno che abbia la mano ferma nel cambio di luce, di tono. Il vecchio Sastri? Avrà ottant'anni, se la sentirà di imbarcarsi in un'impresa simile? Oppure quel giovane di cui ha visto qualche lavoro, ultimamente, stupendosi che a quell'età, nemmeno trent'anni, avesse già una sua fluida decisione, una sua cifra sfumata, perché il buio è un colore… non ricorda il nome, prende un appunto, uno scarabocchio: "Chiedere a Sara".

Poi è suonato il campanello – quel posto sta diventando un porto di mare – ed era un fattorino un po' disorientato, perché fuori dal cancello c'era una macchina di sbirri che gli chiedeva dove andava, cosa voleva, un terzo grado solo per consegnare un pacco.

Manlio Parrini apre la grande busta gialla. Viene dalla casa di produzione, la StratoFilm di Luca Corrioni. Le facce, pensa.

Corrioni ha letto la sinossi di Sara De Viesti, quella lunga, dettagliata, e si è fatto una prima idea. Non è ancora il momento delle facce, si dice Parrini, ma siccome ce l'ha in mano, il plico con le fotografie, tanto vale dare un'occhiata. Ci sono varie cartelline, una per ogni attore proposto. Guarda le donne, solo perché è il faldone che gli è capitato in mano per primo. Belle donne, belle ragazze. Si sforza di vederle truccate come le vorrebbe lui, i capelli a caschetto, i vestiti dell'epoca, insomma si sforza di tradurle.

Cerca la faccia della donna che gli interessa di più, quella del tradimento, della scena finale. Dev'essere una faccia diversa, questa, di donna del popolo, non del jet set milanese che si muove tra la Scala e la Galleria. Bisognerà lavorarci, pensa, è un'attrice che avrà una scena sola, forse due, ma è fondamentale, è... poi la vede, pare perfetta. Irma Grotti. Irma, anche il nome è da anni Trenta, pensa. Legge la scheda. La ragazza non è più una ragazza, ha fatto diverse parti interessanti, una serie su qualche piattaforma, un po' di teatro. Mette da parte la foto per quando faranno i provini.

Poi passa agli uomini. Alcuni li conosce, sono attori che ha visto al cinema, in qualche pubblicità. Ne valuta un paio, anche Ugo Semballi, di cui si dice un gran bene, un omone dallo sguardo bonario che potrebbe essere un perfetto Cruni, il fedele poliziotto a cui De Vincenzi affida le operazioni più delicate, una specie di braccio destro. Anche lui avrà il suo provino, ma Parrini ha un certo istinto, e crede che in questo caso andrà a colpo sicuro.

Rimane una sola busta, quella più importante, quella del possibile protagonista. Naturalmente Parrini ha già in mente dei nomi. Saverio Protti, prima di tutto, che saltabecca dal teatro al cinema d'autore. Un attore colto, che non si piega a quelle porcherie che vanno di moda ora. E anche Tullio Vinerga gli piace, perché ha un suo modo fluido di muoversi in scena, un viso espressivo, tanto che a volte non servono le battute, basta la faccia. Aveva chiesto a Corrioni di controllare che non fossero già impegnati, che non avessero set programmati o, peggio, un'intera stagione teatrale già contrattualizzata…

Ma l'ultima busta non è pesante per niente. Troppo leggera, anzi. Contiene una lettera stampata e tre fotografie di scena, tutte della stessa persona. La faccia non gli dice niente… sì, una faccia vista, certo, ma non saprebbe dire in che film. La mascella pronunciata, gli occhi azzurri, un bell'uomo dallo sguardo ammiccante.

Non è il suo Augusto De Angelis, questo è sicuro.

Non ha nulla di tormentato, non ha gli occhi che dovrebbe avere un borghese italiano degli anni Trenta schiacciato da un regime ottuso e ignorante. Steven Highner, è il nome. Segue una lunga lista di titoli, film che Parrini non ha visto.

Legge la lettera.

Caro Parrini,
come vede mi sono messo al lavoro con la mia squadra. Non si preoccupi: tutti sono vincolati al massimo riserbo. La cattiva notizia è che ancora non abbiamo una sceneggiatura, anche se la sinossi che mi ha fatto avere la De Viesti è abbastanza precisa e rende l'idea di quello che vogliamo fare...

Vogliamo?, si è detto Parrini leggendo. Sente montare un po' di nervosismo, ma non se lo spiega ancora bene, non c'è abbastanza carne sul fuoco per dire che la carne puzza e fa schifo.

A proposito della De Viesti, lei sa che la stimo molto, ma la sua fama, diciamo così, underground, non dà abbastanza garanzie a produttori e finanziatori istituzionali. Suggerirei di affiancarle uno sceneggiatore di formazione più popolare, che so, un Gaslini, o la Stranni, che ultimamente ha dato ottimi risultati nelle serie trasmesse in chiaro su reti nazionali...

Non si sbagliava. La carne puzza veramente.

In pratica Corrioni sta parlando di commissariare la sua sceneggiatrice, di ammorbidire tutto, di piallare e limare come per una serie tivù.

Ha poggiato la lettera sul tavolino, in mezzo alle sudate carte sue e di Sara De Viesti, ha agguantato l'iPad e ha digitato qualcosa. Il disappunto è diventato rabbia. Aldo Gaslini ha firmato due film di cassetta, compitini copiati male da commedie francesi. La Stranni, peggio che andar di notte, si è fatta una fama con quei biopic che vanno di moda oggi, il grande scienziato, il grande esploratore, tutto monocorde e piatto come la tundra, agiografico, rassicurante.

L'incazzatura sta montando, ma Parrini sa che non è ancora finita. L'amaro calice è lì davanti, sotto forma di foglio A4 stampato. Lo riprende.

> Sempre con il vincolo del segreto assoluto, ho parlato del progetto a Sanna Berry, la famosa produttrice, la conosce, vero? Non sottovaluti la cosa, Maestro, convincere gli americani a coprodurre un film in costume italiano non è semplice. Comunque, sarebbero interessati al ritorno dietro la macchina del grande Manlio Parrini, e consigliano (più che consigliano) Highner come protagonista. Qui trova le foto e la filmografia. Ce l'hanno già sotto contratto, è in rampa di lancio e si parla molto di lui. Per il mercato americano avrebbe un effetto sicuro, che è importante, e secondo me potrebbe essere un perfetto De Angelis.
> Ora la lascio pensare, Maestro, naturalmente mi trova qui per qualsiasi cosa riguardi il nostro film.
> Un abbraccio,
> Luca Corrioni

Per essere veramente arrabbiati, per essere furibondi, vivi nel furore della collera, bisognerebbe essere giovani. Invece Manlio Parrini, che non è giovane per niente, è solo un vecchio incazzato, un signore che ha passato i settanta e che ora quasi urla, da solo, impreca e bestemmia sibilando sconcezze e volgarità.

Stronzo. Stronzi. Non avevano capito un cazzo.

Prendevano la sua storia, la storia di ieri, che è la storia di oggi, che è la storia di sempre, e ne facevano un filmetto per il botteghino, per la superproduzione hollywoodiana, per la solita merda. Con un gesto rabbioso aveva preso l'iPad e digitato "Steven Highner video". Aveva trovato dei trailer e qualche spezzone di film. Era uno che correva a piedi dietro aeroplani in decollo, che faceva il cecchino centrando minuscole sagome nere a chilometri di distanza, che interpretava l'avvocato corrotto in un film di mafia. Poi vari titoli sparsi: *Highner, nuovo sex symbol* oppure *Hollywood ha un nuovo idolo*.

Era spazzatura. Era merda. Era solo mercato.

Ora Manlio Parrini prende il telefono e manda un messaggio a Sara De Viesti:

"Dove cazzo sei?"

Non passa nemmeno un minuto e arriva la risposta:

"Buon umore, eh! :))) La cosa è andata per le lunghe, ci vediamo domani. Ma guarda nella posta, ti ho mandato una mail. Poi ti spiego la prima scena come l'ho pensata. A domani."

Pensava di condividere la sua rabbia, il suo sconforto, di sfogarsi, di sentirla irrigidirsi, di parlarne con lei. Affiancarle qualcuno che la normalizzasse... forse pregustava i suoi «vaffanculo!» e i suoi «pezzi di merda!».

E invece niente, avrebbe dovuto aspettare domani.

Riprende l'iPad e apre la posta. La mail di Sara De Viesti contiene un allegato, ma prima legge le due parole che lei ha scritto a mo' di presentazione: "Guarda cos'ho trovato!".

Apre il pdf, è un foglio ingiallito, metà scritto a macchina e metà scritto a mano.

Milano, 4 / II / 41 / XIX

AUGUSTO DE ANGELIS
«Il mistero di Cinecittà»

Relazione:
Questo romanzo del De Angelis rivela la sua solita abilità nel trattare il romanzo giallo.
I personaggi sono spontanei e pieni di vita, l'ambiente e l'atmosfera sono resi con efficacia e l'intreccio giallo, propriamente detto, è abbastanza nuovo.
Non manca qualche difetto, come, ad esempio, l'eccessivo numero di persone le cui azioni sono influenzate da una forma, più o meno decisa, di squilibrio mentale, ma nel complesso il romanzo mi sembra passabile.
Nel caso che il libro sia proposto per i Gialli da cinque lire è naturalmente necessario il giudizio del Dott. Piceni.

Questa era la parte scritta a macchina.
Sotto, a penna, la nota del Dott. Piceni:

Non è una grandissima cosa, però è accettabile: occorrerebbe soltanto che De Angelis apportasse qualche ritocco – non grave – in certi punti un po' torbidi. È più questione di espressioni verbali che altro, e credo non vi saranno difficoltà.

E. Piceni[17]

Manlio Parrini legge il foglio ingiallito. Lo legge due volte, tre volte. Enrico Piceni è un nome importante nella storia dell'editoria italiana. Grande traduttore, scovatore di talenti, rispettato da tutti. Per anni, per decenni, ha fatto un corpo a corpo saggio, intelligente, con la censura del regime, che osteggiava le traduzioni straniere, che pretendeva che i testi si adeguassero, che controllava tutto. La prassi era che l'autore si adattasse ai tempi, che stesse attento, insomma, a non turbare troppo i sonni del regime. Poi ci pensavano i pareri di lettura, un compito dell'editore, che consigliavano, limavano, segnalavano le cose che avrebbero potuto ostacolare la pubblicazione. "Qualche ritocco", "I punti un po' torbidi".

Poi il manoscritto passava al controllo del ministero, che poteva dare il via libera alla pubblicazione oppure bloccarlo.

Tre censure, pensa Manlio Parrini. Le libertà spezzate, davvero. Spezzate per tre volte.

Ma avere per le mani quel documento, che Sara era andata a scovare negli archivi più preziosi e remoti, proprio in quel momento, proprio dopo aver finito di leggere la lettera del produttore, aveva un significato forte, era una specie di rivelazione. Le censure e le autocensure

[17] Il parere di lettura è contenuto in: Fondazione Arnoldo e Alberto Mondadori Milano, Archivio storico Arnoldo Mondadori editore, Segreteria editoriale estero, Giudizi favorevoli anni Trenta, cartella 1, fascicolo 62 (Augusto De Angelis).

dell'inizio degli anni Quaranta non somigliavano in modo cristallino, quasi grottesco, a quelle di oggi? Di là Pavolini, ottuso burocrate di quel che si può dire e non dire, di qua la macchina produttiva: qualcuno da affiancare a Sara De Viesti per renderla digeribile, l'attore di moda per attrarre i soldi... Non era la stessa cosa, alla fine? Un controllo, un rimettere l'autore al suo posto, un... – Parrini aveva riletto il foglio – ... un "qualche ritocco".

La rabbia di prima si è trasformata in una determinazione fredda, assassina. È un motivo in più per farlo, il film, perché sempre più gli pare un film sull'oggi, su quello che si può e non si può dire. Oh, certo, senza gerarchi che battono i tacchi, senza galera e senza gente che ti ammazza di botte, però...

Non aveva fame, ma qualcosa doveva pur mangiare. Allora aveva messo una giacca, controllato di avere le chiavi, il portafoglio, le sigarette, ed era uscito, si era sorpreso di trovare una brezza gentile, che forse annunciava pioggia, ma che al momento lo carezzava con garbo.

Si era messo a camminare piano verso il centro, rimuginando sulle cose che si stavano accavallando. Il film prendeva forma, e anzi ogni giorno trovava nuove motivazioni, e la rabbia che aveva provato prima stava diventando un motivo in più.

La luce si sta abbassando, le giornate si accorciano, arriverà il freddo e pioverà spesso, tra poco. La nebbia no, quella non c'è più, è passata di moda anche lei, che peccato. Era rimasta nei gialli di Augusto De Angelis, o in quelli di Scerbanenco, dava un tocco misterioso e lugubre, quando le figure diventavano ombre. Ora c'è solo un crepuscolo blu spezzato dai suoni e dalle luci del traffico, i negozi chiusi con le vetrine ancora illuminate, i bar pieni di gente che sorseggia aperitivi tardivi già mezze cene, che celebra la fine della giornata di lavoro.

Le ombre non sono previste, è roba vecchia, come lui.

13

«Il nostro assistito chiarirà tutto, e siamo sicuri che questo equivoco si scioglierà in breve tempo.» Matteo D'Onofrio, o meglio suo padre Vincenzo D'Onofrio, il grand commis, il potente nipote della vecchia Bastoni, quello per cui il procuratore capo si era tanto raccomandato e il ministro aveva fatto una telefonata, ha messo in campo uno squadrone di principi del foro. Le dichiarazioni sui giornali sono di tranquilla attesa: si sgonfierà tutto, il Gip non confermerà il fermo, il ragazzo resta a disposizione per ogni chiarimento e approfondimento da parte della Procura, massima fiducia nella giustizia, eccetera eccetera.

Il solito Claudio Tarsi è riuscito ad avere qualcosa di più, mettendo il «Corriere» un passo davanti alla concorrenza. Manlio Parrini si sorprende a provare una certa ammirazione per quell'omone rude e grosso, che evidentemente sa il fatto suo, in materia di rompere i coglioni alla gente. Insomma, non che ci riveli chissà quale novità, solo qualche sfumatura in più, ma in certi casi le sfumature sono tutto.

Perché il giovane si era introdotto nella villa sigillata dopo un delitto? Una leggerezza, una ragazzata, era sconvolto per la morte violenta dell'amata prozia. Sì, ma che motivo aveva…? Chi può sapere cosa passa per la testa di un ragazzo scosso e addolorato… Comunque non ha sottratto nulla, voleva solo vedere il luogo dove la vecchia era stata uccisa. In che rapporti era il giovane D'Onofrio con la vittima? Ottimi, era l'unico nipote, cioè pronipote della signora, l'andava a trovare spesso, era stato alla villa anche la sera prima del delitto…

Insomma, la linea è quella del povero ragazzo confuso, niente a che vedere con l'omicidio.

Malignamente, in un piccolo corsivo accanto all'intervista ai legali, sempre siglato C.T., il giornale si chiede come mai il pronipote della vecchia, che era stato alla villa il giorno prima del delitto, non fosse stato interrogato, e se per caso non ci sia un occhio di riguardo per una famiglia come i D'Onofrio. Tra parentesi, l'elettrauto Giovanni Furlan, che aveva sottratto materiale dalla scena del delitto con il cadavere a terra ancora caldo, resta in carcere, mentre il giovane D'Onofrio è stato posto subito ai domiciliari. Vive a casa della madre, in un bell'attico di via Vittorio Veneto, con le finestre che danno sul parco.

La legge è uguale per tutti, pensa Parrini, ma per gli elettrauto è un po' meno uguale che per i figli dei personaggi importanti.

Un altro giornale ha una piccola intervista alla fidanzata del ragazzo, una modella svizzera. È sicura che tutto si chiarirà, devono sposarsi in febbraio, poi vivranno a Basilea, dove lei ha un piccolo brand di cosmetici e lui un posto già prenotato ai piani alti di qualche banca della Confederazione.

È sempre più un romanzo di De Angelis, pensa Manlio Parrini, il banchiere e la bella straniera non potevano mancare.

Insomma la Sensini non c'era riuscita, a tenere la faccenda del nipotino della morta sottotraccia, o forse non aveva voluto. C'era da capirla, si può nascondere qualche indizio, ma non un fermo, specie in presenza di prove schiaccianti come un video che ti riprende mentre rompi i sigilli ed entri alle quattro del mattino sul luogo di un delitto.

In Procura doveva circolare del nervosismo, tutti i giornali chiedevano una conferenza stampa, deploravano il silenzio su un caso così eclatante. La Sensini, in una breve nota che pubblicavano tutti, aveva spiegato che l'inchiesta proseguiva, che le evidenze da controllare e verificare erano parecchie e che a tempo debito...

Un balletto prevedibile.

Manlio Parrini aveva cominciato così la giornata, con il caffè, lo sfoglio dei giornali e la prima sigaretta, ma poi, ed erano appena le otto e un quarto, era suonato il citofono, quello del cancello, e si era presentato alla sua porta un agente di polizia, giovane e gentilissimo, con in mano un foglio di carta. Era una specie di invito – o forse un mandato, che parola enorme – a presentarsi in Procura, e lui, lui il ragazzo in divisa, era lì per accompagnarlo. L'altro era in macchina.

Manlio Parrini non sa cosa pensare: è un po' divertito da quel fatto di essere in auto con due sbirri e attraversare la città, anche se non hanno né sirena né lampeggiante è pur sempre una macchina bianca e azzurra, la radio di servizio che pigola, la guida sportiva, a dir poco.

Quasi sempre in silenzio, hanno raggiunto il Palazzo di Giustizia, poi il poliziotto giovane lo aveva accompagnato per corridoi e ascensori, su quei pavimenti di marmo, tra quel brusio di popolo in attesa di udienze e sentenze, più che altro avvocati e commessi, che li percorreva su e giù.

Alle nove e dieci era seduto in una stanza piccola ma gradevole, con la foto del Presidente appesa a una parete, un tizio dietro a un computer e la sostituta procuratrice della Repubblica Chiara Sensini seduta alla sua scrivania che lo guardava con uno strano sorriso. Si erano stretti la mano e nient'altro, mentre quell'altro aveva snocciolato le sue generalità leggendole da un foglio... Manlio Parrini, nato a... il... residente... Era lui? Conferma? Sì. In qualità di persona informata sui fatti...

Poi aveva parlato lei.

«Mi scusi l'incomodo, Maestro, ma è il momento di fare le cose secondo le regole, e poi ci sono novità che la riguardano, emerse dall'inchiesta...»

La faccia di Parrini, ora, dovreste vederla.

Novità che lo riguardano? Sarebbe a dire? La Sensini si accorge di quello stupore e quasi ride, forse deve sembrare assurdo anche a lei che lui sia lì su quella sedia mentre avevano chiacchierato quasi da amici sul suo divano, nel salotto della dépendance pieno di carte e libri, con lui che le offriva il caffè.

Così aveva ripetuto tutto da capo. La mattina del delitto, il 6 settembre, lui si era svegliato come al solito, aveva fatto colazione e letto i giornali, poi lavorato un po' al suo progetto. Quindi era uscito...

«A che ora?»

«Non saprei di preciso, undici e mezza, mezzogiorno? Ho chiamato un taxi, l'ora esatta dovrebbe risultare da qualche parte.»

«Lei sa che il delitto viene fatto risalire a un'ora imprecisata tra le nove e mezzogiorno?»

«Sì, ho letto i giornali...» Stava per dire «Sì, me l'ha detto lei» ma aveva temuto che poi si verbalizzasse una frase che poteva crearle dei problemi, e allora era stato sul vago. Se la Sensini apprezza questa piccola cortesia, non lo dà a vedere.

«Quindi lei era in casa a quell'ora. Ha visto qualcosa? Qualcuno che andava o veniva? Macchine nel vialetto o nel cortile della villa?»

No, non aveva visto niente, niente di insolito, comunque. Non poteva giurare di non aver visto Carlos, perché quello andava e veniva in continuazione e faceva per così dire parte del paesaggio. Ma prima del delitto non aveva l'abitudine di sbirciare in cortile...

Quindi aveva dovuto rispondere a mille domande sui suoi rapporti con la vecchia Bastoni, con il defunto marito cavalier Bastoni, sull'acquisto della dépendance... Entrava spesso nella villa?

«Mai.»

«Andiamo, sarà stato invitato qualche volta!»

«Sì, un paio di volte, ma anni fa, quando il cavalier Bastoni mi propose l'affare della casa. Non potevo rifiutare l'invito, praticamente me la regalava...»

«Quindi non troveremo sue impronte là dentro? Ci pensi bene.»

Cominciava a seccarsi. Se tutta quella sceneggiata era per mettere su un foglio le sue dichiarazioni, va bene, capiva. Ma questo era un po' troppo.

«Sono sospettato di qualcosa?»

«No, ma il suo nome è comparso all'improvviso nell'inchiesta e noi dobbiamo verificare tutto.»

Comparso nell'inchiesta. Va bene, l'ha già detto, ma in che modo?

Intanto era entrato nella stanza, dopo un bussare leggero che non aveva atteso risposta, il vicequestore alto, che già Parrini aveva visto insieme alla Sensini, che aveva bevuto il caffè a casa sua. Il poliziotto, in borghese, lo saluta con un piccolo inchino, solo della testa, e aspetta. Lei lo sollecita, lui indica Parrini con gli occhi, come dire: parlo davanti a lui? Lei sbuffa e lo sollecita ancora.

«Su, Zarli, mi dica, veloce che ho da fare.»

«La perquisizione dal D'Onofrio, niente da segnalare. Abbiamo perquisito anche la macchina, lì c'è una cosa interessante, gliela spiegherò meglio, ma intanto abbiamo repertato alcuni oggetti che abbiamo sequestrato. Sono di là, in una scatola, niente di che, ma magari vuole darci un'occhiata.»

«Sì, grazie.»

Ma si vede che ha qualcos'altro da aggiungere e che esita, così la Sensini ha un moto di stizza.

«Su, Zarli, dica, non si faccia problemi, il Maestro

Parrini, qui, non è indagato ed è stato convocato solo per il verbale. Dica!»

«Il Pinzago l'abbiamo fermato un'ora fa, era al negozio dove lavora la moglie, gli abbiamo comunicato lo stato di fermo, aspetta di là, da noi, non ha un avvocato, ne stanno cercando uno d'ufficio, ci vorrà un po'.»

«Bene, grazie, dica che si sbrighino, vada pure» ha detto la Sensini.

Quello ha girato i tacchi ed è uscito discreto com'era entrato.

Ora c'è un piccolo silenzio e qualcuno lo deve rompere, quindi tocca a lui.

«Posso sapere come sono... come ha detto? Comparso nell'inchiesta?»

«Sì, può saperlo, Parrini. È citato nel testamento della vedova Bastoni, due milioni di euro.»

«Cosa?»

La sorpresa è una bestia infida, che ti assale quando meno te lo aspetti, ti trasforma il volto e ti spalanca gli occhi, è come il morso di un serpente, e a giudicare dal volto e dagli occhi di Parrini, questo è un serpente bello grosso. Nel testamento? Due milioni? L'avrà vista sì e no una decina di volte, la vedova Bastoni, e tutto quello che si erano detti era buongiorno signora, buongiorno a lei, e magari qualche volta avevano parlato del tempo – non se lo ricorda, ma può darsi. Ah, sì, e poi una volta che lei, gentile, gli aveva detto che volendo poteva mettere la macchina dietro la villa, dove c'era anche la sua vecchia

Mercedes, ma lui una macchina non ce l'ha, quindi aveva ringraziato e basta.

Fine dei rapporti. Un po' poco per due milioni di euro.

Ora la Sensini si rivolge al poliziotto dietro il computer.

«Scritto tutto?»

«Sì.»

«Bene, stampi due copie e prepari per la firma. E ci lasci soli un attimo, per favore.»

Il poliziotto esce, e finalmente la Sensini sembra rilassarsi.

«Mi perdoni la sceneggiata, Maestro, ma il verbale ci serve, e la notizia del testamento volevo dargliela di persona.»

Lui è ancora stralunato, gli occhi non sono ancora tornati normali, il veleno della sorpresa sta entrando in circolo.

«Le consiglio di non sentirseli già in tasca, i due milioni, perché i testamenti sono due, uno, quello che parla di lei, ha allegata una nota lasciata dal vecchio cavalier Bastoni con le sue ultime volontà, tra le quali c'è appunto un lascito per lei... la definisce il più grande artista che ha conosciuto, se le fa piacere... Poi ce n'è un altro, ma non è depositato da un notaio e quindi dobbiamo capire se è valido, e tutte le cose lunghe e complicate di cui si occuperanno gli avvocati.»

«Ho settantaquattro anni» ride Manlio Parrini, «non credo di potermi occupare di cose lunghe e complicate.»

Lei ha alzato le spalle, come dire che era un problema suo e che lei ne aveva abbastanza dei suoi, però aveva fatto un sorriso stronzetto.

«Tecnicamente, la comparsa di questo testamento la rende un sospettato, Parrini.»

Lui ha riso, apertamente, questa volta.

«Divertente, ma non ho il fisico dello studente di San Pietroburgo, né la sua tendenza al rimorso. Mi dichiaro innocente, vostro onore.»

«Non si preoccupi, nessuno pensa che lei vada in giro a strangolare le vecchiette, e poi… villa Bastoni, la mattina del delitto era già troppo affollata, mi creda, anche senza il famoso regista tra i piedi.»

«Cioè?»

«Non pretenda di sapere troppo, Parrini, ho già i miei guai…»

«Io l'ho aiutata, però!»

«Senta, siamo sicuri che il Furlan, l'elettrauto incazzato, era là quella mattina, lo ha ammesso lui stesso, quindi… Poi c'è il Pinzago, che c'era di sicuro, perché è partito di lì per andare a far la spesa, è tornato con le buste del supermercato e ha trovato il cadavere… Ci ha mentito, tra l'altro, quindi è stato fermato anche lui, ora lo sentiremo… Poi abbiamo qualche evidenza che ci sia stato anche il povero nipotino, la mattina del delitto, quello che i giornali dicono confuso e addolorato…»

«E poi due capelli biondi di donna sul cadavere.»

«Ecco, appunto. Capisce che, per la scena di un omicidio, c'era già troppa gente, se ci fosse stato anche lei sarebbe veramente troppo.»

Manlio Parrini ha riso ancora.

«Che c'è da ridere?»

«Sembra una commedia di Feydeau, entra uno, esce

l'altro, esce l'altro ed entra un altro ancora, dalle porte, dagli armadi, dai passaggi segreti.»

Hanno bussato alla porta e la Sensini ha detto «Avanti!».

Il poliziotto di prima, quello del verbale, è entrato con qualche foglio in mano, che ha posato sulla scrivania della Sensini. Lei ha preso una copia e ha offerto a Parrini una penna, lui ha firmato senza nemmeno leggere.

Poi si sono stretti la mano e lui è uscito, in quegli immensi corridoi dalle volte altissime, freddi, fatti per intimidire. Nessuno l'ha accompagnato, questa volta, ha raggiunto da solo il marciapiede, si è acceso una sigaretta.

Due milioni, c'era davvero da trasecolare. Due milioni non bastavano, certo, per prodursi da solo il film, ma forse per puntare i piedi sì, per difendere la sua sceneggiatrice e per insistere sull'attore che voleva lui, non il bellimbusto americano che tentavano di imporgli.

Ma poi, si era detto, sono due milioni molto teorici. Se c'è una battaglia tra testamenti, con di mezzo gli avvocatoni di un pezzo grosso, perizie, controperizie, tribunali... Comunque, sul marciapiede davanti alla scalinata di Palazzo di Giustizia, non può non mandare un pensiero al defunto cavalier Bastoni che gli aveva fatto quella sorpresa a quasi dieci anni dalla morte... bel colpo, cavaliere!

«Io le ho offerto un pranzo, e lei me lo offre un caffè, Maestro?»

Manlio Parrini si gira di scatto, e si trova davanti Claudio Tarsi, il cronista del «Corriere». Ha sempre il suo soprabito chiaro e la sua borsa a tracolla, la faccia da schiaffi non può cambiarsela, ovvio, e deve aver imparato a portarla con una certa disinvoltura.

«Buongiorno, Tarsi. Come sa benissimo, non ho niente da dirle, ma vorrei comunque complimentarmi, non leggevo la cronaca nera da anni, e i suoi pezzi invece li leggo.»

Lo aveva detto con un inaspettato buonumore, con leggerezza. Poi aveva pensato, vergognandosi un po', che forse all'origine di quell'affabilità c'erano un paio di parole che fa sempre piacere sentirsi dire. "Due milioni" per esempio.

Si erano accomodati ai tavolini del bar di corso di Porta Vittoria, quasi a metà strada tra il tribunale e la biblioteca Sormani, dove Parrini aveva fatto le sue ricerche sui giornali del Ventennio.

«Hanno fermato anche il tuttofare» ha detto Tarsi. «Il caso comincia a farsi divertente.»

«La Sensini non la pensa così.»

«Mi ha truffato, Maestro. Mi ha dato una notizia falsa per creare una trappola... cos'è, lavora per la Procura? La Sensini è brava, non ha bisogno di aiutini, sa?»

«Ha ragione, ma non avevo idea che fosse una trappola, le ho detto l'unica cosa che sapevo... e poi è servita per fermare il giovane nipote, no?»

«Una trappola è una trappola, chissenefrega se è a fin di bene.»

«Non mi faccia il sofista, per favore.»

«Ma sì, ha ragione, scemo io che ci sono cascato... Allora, perché questa convocazione?»

«Non si ecciti troppo, era solo la firma sul verbale...

persona informata sui fatti. In realtà non sono informato per niente, ma comunque... Una formalità, ecco.»

«Sì, credo che lei sia l'ultimo dei problemi, per la Sensini. Dice di avere qualche evidenza che il nipotino era anche lui sul luogo del delitto, è un asso che si tiene nella manica, ma ora le carte passano al Gip che deve convalidare l'arresto, quindi se ha veramente un asso, dovrà tirarlo fuori... puoi tenere agli arresti i delinquenti, i balordi e i poveracci, ma il figlio del grande banchiere in missione per il governo no, a meno di non avere una scala reale.»

«Non ne so niente, inutile che insista.»

«Sì, certo, le assicuro che non sto cercando di estorcerle nulla. Solo ricordarle il nostro patto.»

«Non abbiamo nessun patto, come sa benissimo.»

Parrini era ammirato, però. Sì, sapeva che una delle qualità dei vecchi cronisti è la tigna, il non mollare mai, aveva conosciuto dei giornalisti, molti anni prima. Però credeva che quelle cose si fossero un po' perdute, e invece questo qua...

«Insomma, la Sensini non vuole mollarlo, il giovane D'Onofrio, ma il Gip dirà altre cose. Vedremo. Resta la donna.» Tarsi sembrava uno che pensa ad alta voce.

«Quale donna?»

«Quella dei capelli sul cadavere.»

«Ah, certo! Cherchez la femme!» aveva riso Manlio Parrini.

Era più sollevato, del testamento quel ficcanaso non sapeva niente. Meglio così, ci mancava di finire sui giornali con illazioni e mezze frasette ammiccanti.

«E anche il maggiordomo, se vogliamo stare nel classico... come si chiama... Pinzago, sì, la Sensini deve aver avuto qualche novità, sennò lo fermava prima.»

«Dice che le ha mentito.»

Parrini si morde la lingua. Forse non doveva dirlo, anzi di sicuro non doveva. Lo capisce dal piccolo fulmine passeggero – meno di un centesimo di secondo – negli occhi di quell'altro. Idiota!

«Eh, sì» dice Tarsi. «Raccontare balle a un sostituto su un caso di omicidio, soprattutto se sei stato tu a trovare il cadavere, non mi sembra una bella mossa.»

La frase era rimasta in sospeso, aveva galleggiato un po' sotto le fronde degli alberi del viale, aveva vagato sulle teste di avvocati, testimoni, imputati, commessi che entravano e uscivano dal bar per il caffè di metà mattina, e poi si era dissolta insieme alle polveri sottili.

Claudio Tarsi si era alzato, aveva allungato una mano e salutato con la sua faccia da sberle, senza nemmeno fare il gesto di pagare i caffè. Del resto toccava a lui, giusto?

Lo ha guardato allontanarsi con il suo passo da orso deluso, ma non si è alzato. Invece ha preso il telefono e chiamato Sara De Viesti.

«Beh? Ci vediamo o no?»

«Sì, pensavo di venire subito dopo pranzo.»

«Va bene, ti aspetto a casa... come vieni?»

«Boh, pensavo in taxi.»

«No, vieni in macchina se puoi, ti porto a fare un giro.»

«Sì, badrone.»

«Scema.»

Si ritrovava con un paio d'ore di tempo, una bella giornata, con il cielo che si stava aprendo e ora era quasi tutto azzurro. Prende per via Cesare Battisti, il marciapiede in ombra, e cammina fino a largo Augusto, poi scivola quasi senza accorgersene in piazza Fontana. Si gode la gente che passa, quelli che corrono all'anagrafe di via Larga, quelli che fanno commissioni veloci, nessuno, gli sembra, passeggia senza meta come lui.

Certo, quattro persone sul luogo del delitto, nel giro di tre, quattro ore, era una cosa abbastanza stupefacente, e davvero gli ricordava i gialli classici, anche quelli di De Angelis. Tanti sospettati e un solo assassino. Il commissario De Vincenzi li avrebbe riuniti in una stanza, nell'ultimo o penultimo capitolo, e avrebbe messo in fila le sue intuizioni, poche prove materiali e tanta osservazione dell'animo umano, e avrebbe svelato il mistero.

> Egli non credeva all'evidenza degli indizi, più di quanto non credesse alla certezza delle prove. Nessuna prova era certa e tutte lo erano. Nessun delinquente firma il suo delitto. Il Caso lo firma per lui.[18]

Romanzi, certo, finzione letteraria, libri da tranvai. Però Manlio Parrini sghignazzava tra sé e sé.

Prende la metro in piazza Duomo, circondato da un nugolo di turisti giapponesi.

[18] Augusto De Angelis, *Sei donne e un libro.*

14

Se Sara De Viesti è stupita, non lo dimostra.

Da quel vecchio pazzo si aspetta di tutto. Pensava a un pomeriggio di studio e chiacchiere nella confortevole area soggiorno della dépendance, e invece si trovava a guidare in mezzo al traffico, con Manlio Parrini al suo fianco, più ciarliero del solito. Non sono ancora usciti da Milano e lui le ha già raccontato della convocazione in Procura, del verbale e – bum – del testamento da due milioni della vedova Bastoni, stilato in ottemperanza alle ultime volontà del cavaliere.

«Bene, sei ricco, mi offri una cena come si deve» aveva detto lei.

Guidava con una certa perizia una Cinquecento scassata, tutta rumori e vibrazioni, con la terza che faceva fatica a entrare. Si districava nel casino milanese del primo pomeriggio, e lui parlava, anche del giornalista del «Corriere», anche del fermo del maggiordomo Carlos, anche del nipote della vecchia morta. Ma era solo un prendere tempo.

In autostrada si era deciso a scoperchiare il secchio di merda.

«Non ti vogliono, cioè, devono prenderti perché ti voglio io, ma consigliano caldamente di affiancarti un altro sceneggiatore, uno che non fa troppe storie e non è un arruffapopolo come te.»

Le aveva raccontato della lettera del produttore Luca Corrioni, delle pressioni che conteneva, dei produttori americani che avrebbero cofinanziato il film e dell'attore che avevano scelto, Steven Highner, e a sentire quel nome Sara De Viesti aveva alzato gli occhi al cielo, ma non aveva detto niente.

Lui aveva continuato, un po' lamentandosi e un po' imprecando, ma soprattutto aspettando la scenata di Sara. Che invece era stata gelida e secca come un Martini ben fatto.

«Me lo aspettavo, è colpa tua... pensavi che bastasse il grande nome, vero? Manlio Parrini! Il Maestro! E tutte le porte si sarebbero aperte senza discussioni, anzi il Mar Rosso all'arrivo di Mosè che prende in mano la macchina da presa dopo trent'anni... Non è più così, Manlio, non funziona così! Per fare un film a quei livelli, oggi, il vero sceneggiatore si chiama marketing, fanno uno studio sul pubblico, su quello che vuole, cioè... su quello che loro pensano che voglia, non mi stupirebbe se avessero un algoritmo...»

«Sai benissimo che non me ne frega un cazzo di quei livelli, come li chiami tu. Per me può essere anche un film d'essai che va in dieci sale e a qualche festival, basta che sia un film mio.»

«Ah, la nicchia! E invece loro vogliono le piattaforme, il botto mondiale, e per fare questo non basta il Maestro de *Le verità spezzate*, figurarsi la sceneggiatrice… come hai detto? Arruffapopolo? Beh, mi piace.»

Poi lo aveva guardato, per un lungo istante. Così lungo che lui aveva temuto di finire fuori strada, perché in quel tratto, dopo Merone, dopo Erba, le curve cominciano a farsi numerose e bastarde e sarebbe meglio…

«Non voglio porre condizioni, Manlio, e tu sai che mi piacerebbe molto fare un film con te. Ma non voglio nemmeno che le pongano a me. Se avessi accettato compromessi e schifezze, non avrei una macchina che vibra come un frullatore e un mutuo che mi esce da un fianco. Piuttosto vado a lavare le scale.»

«È per questo che qui ci sei tu e non un autista della StratoFilm con due assistenti e un segretario di produzione, sai?»

«Patto d'acciaio?» aveva detto lei. Suonava come una firma con il sangue.

«Patto d'acciaio.»

Voleva dire che o così o niente. O la storia di Augusto De Angelis sarebbe stata come la volevano loro, oppure sarebbero tornati alle rispettive occupazioni, lei ai documentari e alla sperimentazione, lui alla sua casetta, e magari… magari sì, sarebbe stata la volta buona del cane e della bocciofila. E non era solo per gli americani, l'algoritmo e l'attore fustacchione, espressivo come un covone di fieno, no. Sarebbe stato per altri motivi, più densi.

Perché la storia di De Angelis, come l'avevano in mente loro, era una storia di ingiustizia completa, perfetta. Prima le pressioni, le censure, poi un cerchio sempre più stretto, poi la guerra, la barbarie, i sequestri dei libri, poi la galera, poi le botte. Non era la biografia di un uomo, era la biografia di una Nazione, e poi anche la metafora del lavoro culturale in questo Paese. Era il sussurro del «non si fa», «non sta bene», era la dittatura del «meglio di no» per quieto vivere. Come in un giallo degli anni Trenta: l'assassino italiano? Meglio straniero. Il poliziotto poeta? Meglio muscoloso e picchiatore. Il crimine? Roba da americani, da inglesi, e l'elenco poteva continuare. Niente suicidi, vietati. Niente dialetti, sgraditi. Niente atmosfere torbide, poco consone. Si poteva andare avanti per ore: il film che avevano in mente loro era un film sull'aria che manca, che si fa rarefatta, sul restringersi degli spazi di libertà. La lettera del produttore sembrava confermare che ce ne fosse un gran bisogno.

Ora Sara De Viesti guardava la strada, per fortuna.

«Ti rendi conto quanto quella lettera sia simile, quasi una fotocopia, del parere di lettura che ti ho mandato, vero? De Angelis doveva fare piccole modifiche, doveva adeguare il tono, doveva attenuare il torbido che c'era nei suoi romanzi. Così noi dovremmo smussare gli angoli, piacere ai mangiatori di popcorn delle multisale, giusto? È più che una metafora, Manlio, è proprio la stessa cosa.»

Non ce l'aveva con lui, ma ugualmente lui sentiva il bisogno di difendersi.

«E perché avrei chiamato te, altrimenti, scusa?»

«Va bene, giusto. Allora pensiamo al film che vogliamo fare noi, e se sarà una buona idea, troveremo anche chi ha i coglioni per produrlo. Ora lavoriamo, su, basta con le cazzate.»

Si erano messi a lavorare, alla loro maniera. Avevano parcheggiato la macchina in un punto del lungolago, e poi camminato piano per Bellagio, fino all'imbarcadero, lasciandosi catturare dal contesto, da un panorama di bellezza rara. Anche se sono le quattro del pomeriggio e c'è un filo di sole, dall'acqua si alza una piccola foschia che ammorbidisce tutto. Passano davanti a ville bellissime, alcune tirate a lucido, altre più *fané*, e sono le più affascinanti.

«Lo sai che Bellagio era una specie di capitale culturale? Di qui sono passati tutti, Manzoni, Stendhal, Flaubert... nei primi del Novecento c'erano tre teatri, e gli alberghi più rinomati d'Italia...»

In effetti il punto è strabiliante. La freccia di terra che si infila nel lago di Como, che divide i due rami, culmina proprio lì, a Bellagio. De Angelis ci si era ritrovato da sfollato, con la famiglia, le nipotine, una specie di rifugio lontano da quelli che lo cercavano... Non solo lui, erano in molti ad aver lasciato Milano per rifugiarsi in quel posto magnifico, pensando a una zona tranquilla. E un po' era vero, lì non bombardava nessuno, anche se nel '44 la situazione non era tranquilla per niente: le bande partigiane si facevano più forti, i tedeschi avevano paura e diventavano più feroci, i repubblichini governavano con la paura.

Manlio Parrini deve vederla, quell'atmosfera cupa, deve averla in testa prima di crearla con le luci e le inquadrature.

La perla del lago, la gemma della Belle Époque che aveva tanti teatri, e caffè, e ristoranti, era diventata un luogo lugubre dove una parola sbagliata poteva costarti cara.

Arrivati davanti a San Giovanni, c'è un piccolo porticciolo turistico e l'imbarcadero.

È lì che Augusto De Angelis è stato malmenato, il 2 luglio del '44.

Sara De Viesti si siede su una panchina, guarda il lago, le barche a vela, un battello che sta attraccando sulla sponda opposta, a Tremezzo. Il Maestro, invece, fa avanti e indietro, ogni tanto si china, oppure immagina con gli occhi inquadrature strette, dove mettere la macchina, e il carrello per il pianosequenza. Deve vederlo nella sua testa, il pestaggio, l'aggressione. Si immagina di togliere il sonoro, di lasciare solo i gesti, di permettere alla violenza di quelle botte di parlare da sé, che lo spettatore ne esca in qualche modo stordito, contuso anche lui.

Poi torna indietro, si siede sulla panchina, si accende una sigaretta.

Lei gli racconta come ha pensato la prima scena.

Augusto De Angelis, nel suo studio di Milano, legge i consigli che gli arrivano dalla casa editrice, preso dallo sconforto, maneggia un manoscritto, si vede che cancella interi passaggi. La scena si incrocia in dissolvenza con un altro interno, più spartano, meno borghese, la stanza del commissario De Vincenzi, alla questura di piazza San Fedele. De Vincenzi risponde al telefono nero. Dissolvenza. De Angelis è al telefono anche lui, ora. Sollecita un pagamento, dice delle modifiche che sta apportando al suo libro. Dissolvenza. Un interno borghese, ricco, quasi esagerato, perfettamente illuminato, un cappello a cilindro in terra, un monocolo con la lente rotta, un cadavere a terra e un medico legale chinato sul corpo.

«Sei già nella storia» dice Sara De Viesti.

Manlio Parrini sorride. È brava, la ragazza. Enorme rompicoglioni, ma brava.

Per la cena finiscono in una trattoria del posto, un po' fuori dal centro abitato, dopo qualche chilometro di curve in salita. Al tramonto, la vista da lì è mozzafiato, il lago è scuro come la notte, gli ultimi raggi del sole incidono sull'acqua dei graffi bianchi, si fanno dare un tavolo all'aperto anche se tira una brezza freddina. Chiedono subito il vino, a ordinare ci penseranno, non hanno fretta. Sara De Viesti ricomincia con la sua teoria.

«Non è un cold case, Manlio, questo bisogna che ce l'abbiamo chiaro.»

«Ti ho già detto come la penso.»

Lei ha tirato fuori dalla borsa un foglio di carta, tutto trapuntato di appunti, segni, sottolineature, punti interrogativi. Un articolo del «Corriere della Sera» datato ottobre 1950. Il titolo è ripassato con un evidenziatore giallo.

IL ROMANZIERE AUGUSTO DE ANGELIS
FU PERSEGUITATO MA NON UCCISO
Le indagini della Magistratura scagionano un suo
percuotitore dall'accusa di omicidio
preterintenzionale[19]

[19] «Corriere della Sera», venerdì-sabato 20-21 ottobre 1950. Archivio sto-

«Perseguitato ma non ucciso è già una cazzata» dice Parrini.

«Stai zitto, senti qui.»

Così lei aveva letto l'articolo. Pietro Varoni è prosciolto per amnistia. Sì, aveva picchiato Augusto De Angelis, il 2 luglio del '44, presso l'imbarcadero di Bellagio. Lui era un fascista abbastanza noto a Milano, sfollato sul lago, mentre di De Angelis si dice che era sfollato anche lui, ma "perché perseguitato politico".

Manlio Parrini ascolta con grande attenzione. Sente che succederà qualcosa, che in quella fotocopia di giornale vecchio e ingiallito c'è qualche dettaglio che non gli piacerà. E sa anche che quello che non gli piacerà è la pezza che si sta mettendo sul buco di una vita finita male, calpestata, una toppa a un'ingiustizia feroce. C'è una verità spezzata, in quelle righe, ne è certo, potrebbe giurarci a occhi chiusi.

Lei legge ad alta voce:

> Il De Angelis riteneva il Varoni autore di una denuncia presentata ai nazi-fascisti contro di lui, per avere espresso sentimenti filo-inglesi e gridato «Viva l'Inghilterra!» all'annuncio di una vittoria alleata.

Manlio Parrini sbuffa. Lei continua a leggere:

> Questa sembra essere stata l'origine di un battibecco sorto fra i due; battibecco che si concluse con alcuni schiaffi e, pare, un calcio che il Varoni avrebbe sferrato

rico del «Corriere della Sera». L'articolo non è firmato.

all'avversario. Poco dopo il De Angelis, infermo e sempre più perseguitato, trovava rifugio presso l'ospedale di Como, dove decedeva "per malattia polmonare", stando almeno al referto dei medici.

Il vino è quello della casa, un rosso corposo e forte, molto buono. Quindi non è per il vino che Manlio Parrini fa una smorfia contrariata.

«Poco dopo? Il pestaggio è del 2 luglio e De Angelis è morto il 18: due settimane di agonia! E poi... battibecco? Lo vedi che non regge, vero?»

«Ma la pianti? Fammi finire!»

L'autorità giudiziaria, però, alla quale i carabinieri avevano denunciato la lite, tacendo opportunamente il suo movente politico, ordinava la riesumazione del cadavere per una necroscopia. E questa stabiliva che le lesioni causate al romanziere dal Varoni erano state "concausa della morte". Il Varoni venne pertanto arrestato sotto l'accusa di omicidio preterintenzionale, ma successivamente fu posto in libertà provvisoria.

«Preterintenzionale un cazzo!»

«Senti, Manlio, se non mi fai finire, io prendo e me ne vado, ok?»

Intanto erano arrivati i pizzoccheri, due piatti enormi, pieni di quella pasta che non è pasta, il formaggio, le verdure, tutto bagnato, di più, affogato nel burro.

«Ecco, stai zitto e mangia, fammi finire, lascia che il colesterolo faccia il suo corso.»

Frattanto, a richiesta della difesa, veniva affidata al prof. Cazzaniga della Università di Milano, una consulenza tecnica che negava potersi in qualsiasi modo far risalire la causa della morte del De Angelis alle percosse del Varoni.

Sara De Viesti ha alzato gli occhi dal foglio e ha guardato il Maestro Parrini. Lo ha guardato come dire, visto? Tutto sistemato, due sberle e un battibecco. Poi ha chinato ancora la testa per leggere quei caratteri piccolissimi e impastati d'inchiostro.

Ora come si è detto, il sostituto P. G. nella sua requisitoria, ha creduto che si debba trattare non di omicidio preterintenzionale, ma di lesioni volontarie semplici: donde la richiesta di proscioglimento.

Ha posato il foglio sul tavolo. Parrini non ha detto niente, ha continuato a dare la caccia ai pizzoccheri nel suo piatto enorme, che si stava lentamente svuotando. Ha bevuto un altro sorso di vino e ha detto:

«Mangia, che freddi non sono più così buoni.»

Aveva un tono paterno, come se gli fosse sfuggito dell'affetto per quella strega dai capelli rossi che ora beveva anche lei il vino e affondava la forchetta in quel bendidio, la massima espressione culinaria della Lombardia non padana, cibo da contadini di montagna.

Il ritorno era stato più lento dell'andata, più prudente, anche se con quella macchina della De Viesti la velocità non era certo il problema principale.

«Se ci fermano e mi fanno un alcoltest, mi vieni a trovare a San Vittore, vero?»

«Mi faccio mettere nella stessa cella, se vuoi.»

Era solo un modo per allentare la tensione, tutti e due sapevano che avrebbero discusso di quell'articolo del 1950, che forse avrebbero litigato. Invece lui l'aveva presa alla larga.

«Lo sai che esiste un'altra versione, vero?»

«E sarebbe?»

«La riportano molte biografie di De Angelis, ma diciamo che ci fidiamo del grande Odb, Oreste del Buono, che tra l'altro riscoprì e rilanciò i libri di De Angelis all'inizio dei Sessanta... La versione alternativa riporta che c'era di mezzo una donna.»

«Spiega.»

«Il De Angelis passeggia sul lungolago, dove siamo stati oggi, e incontra la donna che l'aveva denunciato. Ha un battibecco con lei, e qui le versioni divergono. C'è chi dice che lei si sia scusata, non pensava che l'arrestassero, si dice dispiaciuta. Oppure si dice che lui l'abbia apostrofata in malo modo, sempre per la denuncia. C'è anche una versione un po' assurda che dice che il De Angelis aveva una tresca con questa donna... ma lascerei perdere, mi sembra fantasioso. Insomma, il Varoni stava con questa donna, era il fidanzato, o un amico, non si sa, e vista la discussione in corso, si è buttato sul De Angelis, picchiandolo brutalmente.»

Sara De Viesti non aveva tolto gli occhi dalla strada, questa volta, ma aveva parlato come tra sé e sé.

«Ti piace di più questa, di versione?»

«Non è una questione di piacermi o meno, anche se l'unica attrice convincente che propongono è proprio quella che funzionerebbe per questa parte... non so se la conosci, Irma Grotti.»

«Sì, molto brava.»

«Beh, se devo dirti la verità, non credo né a una storia né all'altra. Non credo alla tresca con una donna... andiamo, De Angelis era un uomo di mondo, non me lo vedo a cercare avventure nel posto dove è sfollato... però sono sincero, anche sulla denuncia di cui parla il "Corriere"... Insomma, era un personaggio in vista, dal 25 luglio all'8 settembre del '43 aveva anche lavorato alla "Gazzetta del Popolo", in quel breve intermezzo in cui il giornale era tornato quasi libero... Insomma, non era un antifascista qualsiasi, non me lo vedo in un bar che grida "Viva l'Inghilterra" come un operaio in pausa.»

«Beh, era la denuncia di un fascista, niente di più facile che fosse una menzogna.»

«Certo, sì, ovvio. Però c'è un passaggio che mi interessa, in quello che hai letto prima, quando dice che i Carabinieri hanno taciuto la matrice politica del pestaggio...»

«Beh, si capisce se avessero detto che un fascista aveva picchiato un antifascista, un intellettuale, per di più, capace che gli davano una medaglia.»

«Ecco, brava, quel carabiniere mi interessa, quello che si inventa qualcosa, anche una donna, se serve, anche una questione di corna, se serve, per non farla passare liscia all'aggressore...»

«Sì, è un passaggio interessante. Intanto a fargliela passare liscia è stata l'amnistia...»

«Certo. Lo vedi però che è un cold case? Lo vedi che non è tutto chiaro e risolto?»

«No, Manlio. Vedo che c'è una sentenza, che la questione è chiusa, che il colpevole non è stato giudicato colpevole.»

«Chissefrega, cazzo! C'è un'ingiustizia, e la giustizia non è arrivata!»

«Perché, succede mai che arrivi?»

La ragazza è disarmante, sì, è questo che gli piace, ma può essere irritante.

«Non c'è bisogno che guidi fino da me, lasciami a un posteggio di taxi.»

In effetti lei sta dall'altra parte della città. Si salutano al volo a un semaforo, prima che diventi verde.

15

Lo sfoglio dei giornali, alla mattina, è diventato un rito stanco. Gli serve più che altro per fare colazione con calma, per cui i giornali gli servono per mandare giù il primo caffè e il primo caffè gli serve per digerire i giornali. Manlio Parrini si accorge, con un po' di sorpresa, di correre alle pagine della cronaca, a cercare novità sul delitto Bastoni. La cosa lo sta appassionando, anche se, interrogato in proposito, negherebbe fino alla morte. E novità ce ne sono eccome.

Il giudice per le indagini preliminari ha convalidato il fermo del giovane D'Onofrio, contro le previsioni e gli auspici degli avvocatoni, che hanno convocato una conferenza stampa e fatto la voce grossa. Hanno accusato la sostituta procuratrice Sensini di essere prevenuta e maldisposta nei confronti del loro cliente, un ragazzo scosso e confuso che non ha commesso nessun crimine.

Né il Gip né la Sensini hanno risposto, ovviamente, ma qui entra in campo il solito Tarsi, sul «Corriere», che ricama un po' sui retroscena. Il procuratore capo e la Sensini sono entrati in aperto conflitto. Lui insisteva perché lei rimodulasse le accuse, lei ha tenuto il punto, e anzi ha aggiunto al mandato di custodia cautelare per il ragazzo altri elementi emersi dall'indagine, che il Gip ha valutato. Le ricadute degli attriti ai vertici della Procura potrebbero essere notevoli, perché qualcuno già solleva il fantasma del garantismo ferito, e addirittura qualche giornale adombra il sospetto che il fermo confermato per il giovane D'Onofrio sia un modo trasversale e subdolo per attaccare il governo "mentre il padre del ragazzo svolge delicatissime trattative monetarie all'estero".

Manlio Parrini si lascia scappare una piccola risata, anche il cretino che scavalca un muro per andare a curiosare sul luogo del delitto diventa una questione politica, che Paese assurdo. La Sensini è sotto attacco, comunque, e questo gli dispiace.

Ma ad avere le notizie più fresche è sempre lui, Claudio Tarsi. Parrini si immagina la ragnatela di relazioni, di contatti, di parole mezze dette e mezze sussurrate nel bar di Palazzo di Giustizia, o sul marciapiede di via Freguglia, con avvocati, poliziotti della giudiziaria, cancellieri in vena di confidenze. Che lavoraccio.

Il cameriere Carlos Manolo Pinzago è stato fermato e torchiato negli uffici della Procura, che lo ha interrogato per oltre sei ore e alla fine ha confermato il fermo. Il Pinzago si trova attualmente nel carcere di Opera, anche su di lui il Gip dovrà pronunciarsi, tra qualche giorno. Secondo il «Corriere», a dispetto dell'intemerata degli avvocati, la posizione del giovane D'Onofrio si complica, la Sensini ha tirato fuori i suoi assi nella manica, anche se questi assi ancora non si sa quali siano. La speranza è che qualcuno parli. L'elettrauto Furlan – sempre decisione del Gip, su richiesta del suo avvocato – ha ottenuto i domiciliari, è accusato di furto e favoreggiamento in caso di omicidio, questo perché non ha avvisato del cadavere della vecchia, ma pare scagionato dall'accusa di aver strangolato la vedova Bastoni. È già qualcosa. Il caso è intricatissimo, insomma.

Il colpo grosso di Claudio Tarsi, comunque, arriva nelle ultime righe del suo pezzo, lungo tutta una pagina. Il cronista ha potuto leggere – non dice come, ovviamente, la Sensini sarà furibonda – il verbale di sequestro della villa del delitto. Oltre a numerosi faldoni di carte, documenti, ricevute di versamenti e contabilità varia, è finito negli scaffali dei materiali sequestrati, in Procura, anche uno scatolone con parecchi soldi, più di quattrocentomila euro in contanti. Intanto, è stata convocata Enrica Rigon, la domestica, per un nuovo interrogatorio. La donna, che è al servizio della famiglia Bastoni da oltre un decennio, si è sottoposta senza problemi a un esame del Dna, su di lei non pende nessun mandato ed è stata ascoltata come persona informata sui fatti. Come anche, riferisce Tarsi, il famoso regista Parrini, che si è recato in Procura a firmare la sua deposizione ed è – aggiunge maligno – in ottimi rapporti con la sostituta procuratrice titolare delle indagini.

Così, in una riga buttata lì, eccolo amico degli sbirri, e Parrini si fa un'altra risata.

Più o meno è tutto. Gli altri giornali inseguono, ma sono indietro di parecchie lunghezze. Così si esercitano nell'arte scivolosa delle illazioni, dei moralismi da due soldi, del caso intricato da seguire come un giallo. C'è da capirli, presi come sono tra piccola delinquenza, scippi e mariti che ammazzano le mogli, un caso così deve sembrargli la manna dal cielo, peccato che le notizie ce le ha quell'altro, che è più bravo.

Il resto delle pagine Parrini lo sbircia con un occhio solo, giusto i titoli, e a volte nemmeno quelli. La politica interna è la solita manfrina, eppure occupa decine di pagine, lo sport non gli interessa. Fa un passaggio svogliato sulle pagine degli spettacoli, e poi si inchioda. Una specie di paresi, un colpo nello stomaco, una vertigine improvvisa, come quando in aereo c'è un vuoto d'aria e sembra di precipitare.

LE VERITÀ SI SPEZZANO ANCORA?
IL GRANDE RITORNO DI MANLIO PARRINI
Il regista del neo-neo-realismo starebbe preparando
un nuovo film dopo il clamoroso e polemico ritiro
dalle scene di quasi trent'anni fa
– Steven Highner: «Felice di lavorare
con un maestro del cinema mondiale».

L'articolo dice e non dice. Si parla di "indiscrezioni", di "voci" di un'indistinta trama gialla e dell'ambientazione storica. Qualche decina di righe con dentro niente. Il nome di Sara De Viesti non c'è, nessun accenno ai produttori, né ai capitali americani, anche se c'è da giurare che la cosa esce da lì. Manlio Parrini le legge e le rilegge, con la rabbia che monta. Getta l'iPad sul divano, e comincia a fare su e giù per il salone della dépendance, una tigre in gabbia, un felino che non sa chi sbranare, che maledice tutto e tutti.

Poi si decide, prende il telefono e chiama la StratoFilm.

Dopo un minuto la voce di Luca Corrioni gli suona nelle orecchie, ha un tono stupidamente lieto.

«Buongiorno, Parrini. Ha visto l'apertura degli spettacoli sulla "Stampa"? Le cose cominciano a muoversi!»

Disarmante. Tanto disarmante da levargli le parole, al punto che il silenzio allarma quell'altro, che teme sia caduta la linea.

«Pronto? Parrini! È lì?»

Ha buttato fuori tutto come se avesse preso la rincorsa, come se avesse scritto su un foglio ogni cosa da dire, e invece è solo rabbia e istinto. Sì, lo sa che in certi casi prima di parlare bisognerebbe pensarci un po', far calare la collera, calmarsi. Ma che cazzo, lui è Manlio Parrini, non ha bisogno di filtri per dire quello che pensa. Così lo dice.

«Piuttosto che fare un film con quel coglione di Highner, mi faccio amputare una gamba, Corrioni. Voglio sapere com'è uscita la notizia. E mi sembra evidente che il nostro rapporto finisce qui.»

Per incontrarsi a metà strada, come dovrebbero fare le persone ragionevoli, ci vorrebbe una strada. Ma qui ci sono chilometri e chilometri di terreno brullo, accidentato, fangoso. Anche se Corrioni comincia prudentissimo.

«Ma perché questa reazione? È solo un pezzo di giornale, crea attesa, curiosità. Highner è l'attore del momento, ci sono registi che venderebbero la madre per...»

«Io non sono i registi, Corrioni, mia madre è morta da quarant'anni, non ho niente da vendere, e se farò un film, lo farò come voglio io, con l'attore che dico io...»

«Ma questo lo vedremo, Maestro, lo decideremo, non c'è nessun obbligo, nessuna firma... per ora è bene che ci sia un po' di rumore di fondo, che si cominci a parlarne... E pensi che avevo buone notizie da darle, non mi aspettavo questa reazione... Intanto vorrei vedere la sceneggiatura, a che punto siete lei e la De Viesti? Ah, a proposito, Franca Stranni ha accettato di affiancarla, l'ha vista la sua serie su Renato Carosone? Tre episodi su Rai Uno, ascolti buonissimi, la cerchi e le dia un'occhiata, di sicuro la Stranni la chiamerà a giorni.»

«Queste sarebbero le buone notizie? Sembrano i risultati di una biopsia.»

Era diventato sarcastico e cattivo, ma quell'altro aveva fatto finta di non sentire. Anzi, aveva continuato, peggiorando la situazione, anche se Parrini non credeva possibile si potesse peggiorare qualcosa.

«Ah, e poi... la Film Commission della Liguria sarebbe interessata al progetto, un buon finanziamento. Basterebbe ambientare qualche scena in Riviera, Portofino sarebbe l'ideale... Il mercato americano...»

«Certo, come no! Il lungolago di Portofino! E perché non Las Vegas, Corrioni?»

Aveva chiuso la comunicazione in faccia a quel deficiente. La Stranni con i suoi biopic del cazzo. Portofino. La rabbia lo accecava, forse, ora non aveva uno specchio davanti, non poteva controllare, ma certo gli deturpava i lineamenti in una smorfia cattiva. Aveva avuto ragione lui, ma non ora, no, trent'anni fa, quando aveva mollato tutto. Non doveva riprovarci, non aveva senso, non era cosa per lui sentire queste puttanate, era umiliante.

Nemmeno un minuto per sbollire, per respirare a fondo ed è suonato il telefono. Non il cellulare, il fisso, dove non chiama mai nessuno se non per offrirgli abbonamenti a luce, gas, acqua, telefoni, reti informatiche, pentole e coperchi.

«Pronto!»

Una voce angelica:

«Sono Alice Tornero, di "Vanity Fair", potrei parlare con il Maestro Parrini? Vorremmo realizzare un'intervista sul suo ritorno, un servizio fotografico...»

«Non c'è!»

Ha quasi urlato. Dall'altra parte un silenzio imbarazzato e sorpreso.

«E sa quando potrei trovarlo?»

«No.»

Ha sbattuto giù la cornetta con un gesto violento.

Poi è arrivata la chiamata di Sara De Viesti.

«Sono io» ha detto, e nient'altro.

Era una frase che ne conteneva decine, che lui ha capito al volo. Voleva dire "ho visto il giornale, come te lo spieghi?. Ti hanno incastrato? Quindi è deciso? Sarà quell'americano senza espressione il nostro De Angelis? Sai che in questo caso io non ci sarò, vero?".

Sì, stava tutto in quel «Sono io», e nel silenzio che seguiva.

Forse è così che bisogna fare, ha pensato Manlio Parrini. Non strepitare, non incazzarsi come un crotalo e battere i piedi e mordere i tappeti. Forse ci voleva quella freddezza assassina che ha Sara De Viesti. Forse bastava dire: se è così, io non ci sarò. Una constatazione, non una scenata. Anche in quel frangente metà irritante e metà grottesco si sorprende ad ammirarla. Per lei era un'occasione magnifica fare un film con lui, era il salto dall'underground al giro grosso, un'occasione da prendere a qualunque costo. E invece la ragazza teneva la schiena dritta, non intendeva piegarsi, preferiva restare nella sua integra precarietà piuttosto che scendere a patti. Per un piccolo istante fuggente, roba di un secondo, Manlio Parrini ha visto Augusto De Angelis, nel suo studio, davanti a una macchina da scrivere monumentale, cambiare i nomi dei suoi protagonisti, mutare il signor Bianchi in mister Brennan.

Ecco, Sara non l'avrebbe fatto.

E quel che gli dispiaceva di più: lei credeva che lui, invece, si sarebbe piegato. Così ha finito per irritarsi anche con lei, l'unica che non lo meritava.

«Ne abbiamo già parlato, Sara, o il film sarà come lo vogliamo noi o non ci sarà nessun film. Sono stato chiaro?»

«Vuoi dirmi che quella merda sul giornale è uscita senza che tu ne sapessi niente?»

Così aveva dovuto dirle tutto. Della sorpresa di un'ora prima, quando aveva letto quell'articolo assurdo, e poi anche della telefonata con Corrioni, la sceneggiatrice di complemento, la Film Commission della Liguria... Si aspettava irritazione e rabbia, invece lei aveva riso. Una risata fresca, sincera, che non conteneva nemmeno una goccia di sarcasmo, perché non ce n'era bisogno.

«Strano che non ti abbiano chiesto di metterci una lesbica, nel film, oppure un asiatico, sul lungolago di Portofino. Lo fanno, sai?»

Non smetteva di ridere, ma poi era diventata seria all'improvviso.

«Un altro falso allarme, Manlio, sempre la stessa storia. Una ci crede, ci lavora, fa ricerche e studia, e poi...»

«E poi cosa?»

«E poi non se ne fa niente.»

«Niente un cazzo, Sara. Più vengono fuori queste stronzate e più mi prende la fregola di farlo, questo cazzo di film. Di farlo a modo nostro. Parola. E adesso che forse non abbiamo più un produttore, con gli americani e il carciofone protagonista, lo faremo meglio ancora.»

Suonava come una specie di sfida. E anche come una promessa.

Si erano lasciati con l'accordo di vedersi il giorno dopo. Lei era andata avanti, ora avevano almeno una bozza di sceneggiatura, ma ne avrebbero parlato di persona. Si erano salutati con affetto, forse lei non era del tutto rassicurata, ma abbastanza da non sparire, il resto sarebbe venuto al loro prossimo incontro. Parrini si sentiva determinato e combattivo, non avrebbe mollato.

Il telefono fisso aveva suonato di nuovo, due volte. Tre. Gli sembrava che non avrebbe mai smesso, ma lui non aveva risposto. Poi era suonato il cellulare, e siccome l'aveva in mano, ha schiacciato il tasto e ha quasi abbaiato.

«Sì!»

«Non risponde mai al telefono, Maestro?»

La Sensini.

«Buongiorno. Diciamo che è una giornata complicata, ma deve bastarle questo perché sono abbastanza nervoso e non vorrei trattarla male.»

«Mi chiedevo se accetterebbe un invito a cena.»

Ora è stupito. Non se lo aspettava.

«È prassi che un sostituto procuratore inviti a cena un… diciamo un teste informato sui fatti?»

«No, Parrini, non è prassi per niente, anzi non si dovrebbe fare per nulla al mondo, ma non mi renda le cose più difficili di quello che sono, la prego.»

«Va bene, vada per la cena. Questa sera? Però il ristorante lo sceglie lei.»

«Seee, il ristorante. Ci manca solo di farsi vedere insieme in pubblico… Venga da me, Parrini, non garantisco sul cibo, ma le assicuro che il vino sarà all'altezza.»

«E posso sapere perché…»

Lei non aveva risposto, gli aveva solo dato un indirizzo, corso Vercelli 37, e il numero da schiacciare sul citofono.

Ora Manlio Parrini percorre di nuovo a grandi passi il suo salotto, si fa un altro caffè, in realtà gliene servirebbe una damigiana, e cerca di riprendersi dalla sorpresa. Un invito a cena da parte della titolare delle indagini era veramente una stranezza. Ma perché no?, si dice, magari la cosa riuscirà a distrarlo dalla rabbia, dallo sconforto, dalla delusione. Il delitto della vecchia Bastoni stava diventando un passatempo, e giocare al commissario De Vincenzi poteva anche essere divertente.

Fuori piove. Lui cerca un disco nello scaffale dei vinili e lo mette sul piatto. Alla musica del film non ha ancora pensato, e dovrà farlo, perché è parte della luce, del mood, del clima. Ora ha scelto la seconda facciata di *Kind of Blue*, ogni tanto ci vuole qualche certezza, nella vita.

16

Sta sempre più male. Da almeno dieci giorni, crede, se ha contato bene, ma può sbagliarsi, sta in quel letto, tra la vita e la morte, con l'acqua nei polmoni e forse anche sangue, perché quello che sputa è rosso e vischioso.

E così si era ritrovato praticamente clandestino.

Senza soldi, senza un lavoro. Gli editori a cui telefonava, quelli per cui aveva tradotto e curato romanzi e racconti, quelli a cui aveva affidato i suoi, di romanzi, si erano fatti di pietra. Muti e irraggiungibili. C'era da capirli: il vento era cambiato in un verso, e poi subito nell'altro verso di nuovo, e adesso, almeno nel Nord del Paese, per andare in galera bastava un nulla.

Come era stato possibile sopravvivere su quel piano inclinato che si inclinava sempre di più? Già nel '34 il Ministero aveva creato la regola di inviare tre copie di ogni libro pubblicato alla Prefettura. Lui aveva pensato che era una sciocchezza, che nessuno di quei funzionari un po' ignoranti, messi lì magari perché sapevano portare la bandiera alla parata, avrebbe letto tanto. Non era l'unico a ridere.

Poi le cose si erano complicate e la stretta si era fatta più serrata. Il MinCulPop, con quel nome assurdo, era nato nel '37, nel '39 era arrivato Pavolini, a dirigerlo, peggio davvero non si poteva. E poi sempre più giù: nel luglio del '41 erano stati vietati gialli a dispense e pubblicazioni periodiche, e questo era un colpo duro, perché lui, tra racconti e traduzioni, e consigli agli editori, campava proprio di quello. Gli restavano i romanzi, ma non c'era nulla da festeggiare. Un mese dopo, in agosto, un altro giro di vite: il Ministero decretava il sequestro di molti romanzi gialli già pubblicati, sequestro che sarebbe toccato agli editori. In più, si mettevano ostacoli e paletti, bastoni tra le ruote, si imponevano angherie, soprusi: i gialli sarebbero stati pochi, pubblicati con il contagocce, per gli editori non sarebbe stato più un affare, proprio no. Era una buona mossa, per il regime. C'era una censura oggettiva "per ragioni di carattere morale", ma la censura vera era quella del mercato: stampare gialli non conveniva più, era un'operazione in perdita, rischiosa anche economicamente. Nell'ottobre del '41 aveva chiuso la collana di Mondadori: i gialli più famosi, quelli che avevano dato addirittura un colore al genere, non c'erano più. Per lui approdare lì era stato un traguardo, un punto d'arrivo. Ricorda anche le chiacchiere con il vecchio Mondadori, è passato solo qualche anno, ma gli sembra un secolo fa.

E poi, con la guerra, l'oscuramento, i bombardamenti sulle città, il razionamento, la lurida rogna della guerra, e l'Impero glorioso che andava a rotoli, e i nostri ragazzi che tornavano a piedi dalla Russia – quelli che tornavano – chi aveva più voglia di leggere storie da brivido? Quei libri di intrattenimento e mistero con cui si voleva "togliere il sonno" ai lettori... come potevano avere ancora fascino, se i lettori perdevano il sonno per altre, ben più gravi questioni, compresa la paura delle bombe inglesi sulla testa?

La fine definitiva era arrivata con due righe telegrafiche, una specie di epitaffio, nel giugno del 1943:

> Il Ministero della Cultura popolare dispone il sequestro di tutti i romanzi gialli in qualunque tempo stampati e ovunque esistenti in vendita.[20]

Sipario, insomma. Il buio.

Il suo lavoro veniva vietato per sempre, il suo "giallo italiano", la sua pretesa di dare un clima nostro, nazionale, a un genere che tutto il mondo leggeva e apprezzava, naufragava nel divieto più ferreo e ottuso. E per colmo d'ironia, aveva creduto di vedere un'offesa proprio a lui, alla sua persona, perché il suo romanzo ultimo era uscito proprio in quell'aprile, dalle rotative al sequestro in un lampo, nemmeno il tempo di vedere uno scaffale di libreria.[21]

Non gli restava che vagare. Non gli restava che nascondersi, ma come? Dove? E ora, ora che dovrebbe trovare ridicolo pensare a quelle cose mentre con ogni probabilità sta morendo, morendo come un cane bastonato, continua

[20] Ordinanza del Ministero della Cultura Popolare, 1° giugno 1943.

[21] L'ultimo romanzo di Augusto De Angelis, *Curti Bò e la piccola tigre bionda*, esce per I Romanzi Gialli e dell'Enigma Sonzogno, alla fine di aprile del 1943.

a pensarci come a un'offesa personale, uno sgarbo fatto proprio a lui. Uno sgarbo che aveva coinvolto persone a milioni, i morti, i dispersi, i ragazzi mandati sui vari fronti, quelli chc ora i tedeschi e i fascisti fucilavano per le strade, per i borghi, anche lì intorno... e lui si preoccupava dei suoi romanzi da tranvai? C'era da ridere, sì, ma c'era anche da capire che quando si spezzano le verità piccole, poi si spezzano anche quelle grandi, che si comincia con piccole privazioni, minuscoli divieti, e si finisce a massacrare un popolo.

Fa sempre più fatica a restare sveglio, e forse è un bene. Non distingue più il delirio dalla veglia lucida, si chiede se sia già notte, o se il sole nella camerata lo costringa a chiudere gli occhi. Prova ad aprirli per controllare. Non ci riesce, o forse è solo buio pesto.

17

Si sente un cretino, lì sul pianerottolo, con un vassoio di paste in mano, prese al volo nella prima pasticceria che ha incontrato. Come succede a tutti in queste circostanze non vede l'ora che lei apra la porta per salutare, metterle in mano quell'involto rigido e cavarsi d'impiccio, invece apre un uomo. Alto, atletico, sui sessanta, la faccia da velista, con le rughe che il sole e il vento ci hanno scolpito. Si presenta: Francesco. Poi arriva lei, la Sensini, che completa le presentazioni. Lui è il marito.

Il salotto che fa anche da sala da pranzo è grande e pieno di cose, soprattutto libri, sparsi qui e là con una studiata noncuranza che Parrini conosce bene, un disordine che arreda, che fa casa vissuta, e vissuta bene, con buoni mezzi. Un aperitivo? Certo che sì, arriva una brocca dove galleggia qualche fetta di limone. Gin tonic.

Così la cena era stata piacevole, anche se c'era sempre la sensazione che non fosse tutta lì, la serata. E infatti, servito il caffè in bellissime tazzine colorate, il marito Francesco si era scusato, aveva un lavoro da finire, si ritirava nel suo studio per quella seccatura, l'indomani doveva tenere una conferenza e non aveva ancora finito di prepararla, doveva stendere una bibliografia. Docente di diritto alla Statale, non aveva detto più di questo, e Parrini non aveva chiesto.

Invece avevano parlato, durante la cena, di cinema, ovvio, di posti da visitare, delle vacanze finite da poco, prima che la Sensini fosse travolta dalle indagini sul caso in corso, quello della vedova Bastoni. Una buona conversazione da salotto borghese, gentile e pacata, rassicurante.

«È vero che torna a fare un film?» aveva chiesto lui.

«Scemenze che scrivono i giornali» aveva risposto Parrini, forse con un tono che sottintendeva "parliamo d'altro per favore".

E avevano parlato d'altro, infatti. Era gente di mondo.

Poi erano rimasti lui e lei, su un divano, a debita distanza, un po' voltati l'uno verso l'altra, in modo che si potesse conversare guardandosi, ma che non sembrasse un colloquio.

Qualcuno deve cominciare, però, e allora ci pensa lui.

«È sotto pressione, vero?»

Chiara Sensini aveva preso tempo, come se cercasse una porta da cui entrare in quella chiacchierata per cui l'aveva convocato, anche se certo già aveva rimuginato parecchio su cosa dirgli.

«Come dice lei, Maestro? Scemenze che scrivono i giornali, giusto? Invece no, il suo amico Tarsi ha visto giusto, c'è un attrito in Procura, questa faccenda del giovane D'Onofrio è più grossa di quel che sembrava all'inizio. La cosa non può esser messa a tacere, persino il Gip ha dovuto confermare il fermo, anche se la marea sta montando... Tra un po' arriveranno gli attacchi personali, sa, la delegittimazione che capita a tutti quelli che fanno indagini delicate... Hanno già cominciato.»

«Ma a parte il lignaggio del giovanotto, cosa c'è di delicato? Cioè, le accuse mi sembrano difficili da...»

Chiacchieravano amabilmente, certo, ma Parrini aveva un tono che, sotto sotto, chiedeva: cosa vuole da me?

Lei ci aveva girato intorno ancora un po', si era alzata e aveva preso un paio di bottiglie, un cognac che sembrava di lusso e un whisky ordinario, li aveva posati sul tavolino pieno di libri insieme a due bicchieri, ma non aveva né servito né chiesto.

«Nella macchina di Matteo D'Onofrio c'era un doppiofondo, non una cosa improvvisata, proprio un nascondiglio costruito apposta, praticamente introvabile.»

«E voi l'avete trovato.»

«Per puro caso, mi creda, anzi per un errore degli agenti a cui abbiamo affidato la perquisizione. Il doppiofondo era comandato dall'interruttore delle luci antinebbia, che hanno premuto per sbaglio con il quadro acceso. Puro caso.»

Manlio Parrini sorride. Forse lei interpreta male quella smorfia, ma lui sta pensando ad altro. Sapete cos'è un'ossessione, vero? Ecco: è condurre tutto, anche quello che non c'entra nulla, al proprio pensiero fisso.

> Il Caso! Tutta la vita è retta dal Caso. Occorre fare affidamento su di esso come di un fattore immancabile. Bisogna ammettere l'incidente come parte della base.[22]

«Affari di droga?» chiede.

«No, niente droga. I cani non hanno sentito niente e anche le analisi non hanno rivelato alcuna traccia.»

«E allora?»

«Dai, che può farcela, Maestro!» Questa volta ha sorriso lei. Poi, visto che lui non rispondeva, ha continuato. «Soldi, Parrini. Molti soldi. La vecchia Bastoni aveva a casa, in una scatola, più di quattrocentomila euro. Il ragazzo, con quella fidanzata modella che abita a Basilea, andava su e giù con la Svizzera, spesso e volentieri, a quanto ci risulta almeno un paio di volte al mese. Abbiamo chiesto delle rogatorie per capire se faceva versamenti consistenti su qualcuno dei suoi conti, ma ci vorrà del tempo.»

«È solo un'intuizione, quindi.»

«Beh, intuizione fondata, però! Mi segua. La sera prima del delitto il giovane D'Onofrio fa visita alla zia, ma non carica in macchina i soldi degli affitti in nero, che infatti abbiamo trovato noi. Come mai?»

«Me lo dica lei.»

«Sì, glielo dico. La mattina dopo deve arrivare il Furlan, l'elettrauto, con almeno ventimila euro in contanti – ventididuemila dice lui a verbale – cioè la parte in nero dell'affitto di un anno della sua officina. La vecchia non poteva sapere che non li avrebbe portati, i soldi, anzi che sarebbe andato lì a lamentarsi. Nulla di più facile che abbia

[22] Augusto De Angelis, *Conferenza sul giallo*.

detto al nipote di ripassare la mattina dopo, in modo da fare un carico completo.»

«Sì, sta in piedi, può darsi, ma anche no.»

«E qui entra in scena Carlos. Dice di aver ascoltato la conversazione e di essere sicuro che la vecchia Bastoni e il nipote si erano dati appuntamento per la mattina dopo.»

«È per questo che lo avete arrestato?»

«No, non è per questo, Parrini. Perché ha falsificato delle prove, che in un caso di omicidio è una faccenda piuttosto grave.»

Ora, a essere onesto e franco, Manlio Parrini non ci capisce più niente. E, sempre per questioni di onestà e franchezza, non fa nulla per nasconderlo. Però non chiede, non domanda. È evidente che se la Sensini è arrivata fino al punto di rivelargli segreti d'ufficio che nessuno sa, non si fermerà ora. La domanda "cosa vuole da me?" non ha risposta, al momento, ma non bisogna avere fretta, in certe cose, basta aspettare e...

«Le tazzine, Parrini. Sulla scrivania della vecchia, nello studio in cui si era svolto il colloquio con il nipote, e dove lei è stata uccisa la mattina dopo, c'erano due tazzine con residui di caffè, con le impronte della signora e del nipote. Ci siamo chiesti se fosse possibile che in quella casa così ordinata, con quella vecchia quasi maniacale, fosse possibile che le tazzine di un caffè bevuto alle nove e trenta della sera prima fossero ancora lì a mezzogiorno del giorno dopo.»

«Non starà esagerando? La domestica stava in Veneto

dalla madre morente, giusto? Magari nessuno ha portato in cucina le tazzine.»

Lei ha fatto la faccia del gatto che vede il sorcio in un angolino, e già pregusta il balzo.

«Certo, Parrini, ovvio. Peccato che su questo punto Carlos, il maggiordomo tuttofare, sia caduto in contraddizione, si è confuso, insomma. E sa perché? Perché qualcosa non tornava. La tazzina con l'impronta del nipote era sulla scrivania, sì, ma davanti alla poltrona della vecchia, mentre quella con le impronte della povera signora Bastoni era di fronte, davanti alla sedia dell'ospite. Non le sembra strano?»

Ora è sorpreso. Non pensava che fosse così divertente mettere insieme i cocci di un'indagine per omicidio.

«Strano, sì, ma non impossibile.»

«E qui abbiamo la confessione del Pinzago. Alla fine ha ceduto, sa? Sappiamo come fare anche senza alzare le mani... La sua nuova versione è che, tornato verso mezzogiorno e trovata la donna morta, si è spaventato, ha avuto paura che accusassimo lui, l'anello debole, il maggiordomo straniero. Allora si è ricordato di aver portato in cucina le due tazzine, quella mattina presto. Poggiate sul piano del lavandino, non lavate, solo levate di mezzo dalla scrivania nello studio. Sapeva che il nipote sarebbe passato in mattinata, anzi forse ha pensato che fosse passato, magari che avesse ucciso la donna. E allora è andato in cucina e ha ripreso le tazzine e le ha messe sulla scrivania, come per allontanare i sospetti da sé e certificare con una prova falsa che qualcun altro era stato in casa mentre lui era a far la spesa.»

«Beh, geniale.»

«Non molto, Parrini, perché, riportandole, ha appunto sbagliato la posizione delle tazzine. Così noi non sappiamo se veramente il nipote, come aveva detto, ma questo lo dice sempre il Pinzago, è ripassato dalla villa la mattina del delitto, e in compenso sappiamo che Pinzago ha alterato le prove, il che ne fa un sospettato di prima classe, oltre al fatto di essere stato l'ultimo a vedere la vedova Bastoni ancora viva.»

«Bene, avete un presunto colpevole molto poco presunto.»

«Non esattamente, Parrini, perché io ho usato quelle due tazzine per chiedere al Gip di confermare il fermo del giovane D'Onofrio. Insomma, sapevo che era una prova falsa, ma ho finto che fosse vera per non rilasciare il ragazzo. È una cosa che possono farmi pagare, soprattutto quelli che vogliono togliermi l'indagine e avvalorare la teoria che il D'Onofrio ha fatto solo una cazzata, "una ragazzata", come la chiamano loro, a entrare nella villa.»

Ora quella domanda, quella di prima, quella che ronza intorno come una mosca molesta, si ripresenta più pressante di prima. Perché gli dice tutto questo? Perché a lui? Con che scopo? Cosa vuole, insomma? Cercava un colpevole, va bene, ne ha disposizione uno quasi fritto, Carlos il tuttofare, un altro possibile, il giovane pronipote della morta, e persino un terzo, abbondiamo, il famoso elettrauto.

Cosa può fare l'anziano regista per districare una matassa simile? Allora lo dice.

«Molto interessante... istruttivo, per certi versi... ma cosa vuole da me?»

«Mi serve una cortesia, Parrini.»

In sostanza, la pressione si faceva forte, i giornali non mollavano, gli avvocati del D'Onofrio avevano fatto ricorso contro il parere del Gip e minacciavano di fare il diavolo a quattro, è gente a cui il potere non manca. Lei doveva far uscire la notizia del doppiofondo nella macchina del ragazzo, quel dettaglio doveva trapelare. Presto gli avvocati avrebbero letto la deposizione di Carlos, e la sua prova della presenza di Matteo D'Onofrio sul luogo del delitto in un'ora compatibile con l'omicidio sarebbe andata in mille pezzi. Le pressioni sarebbero diventate insostenibili, lei sarebbe stata stritolata, e con lei la sua inchiesta.

Gli chiedeva di fare quel che aveva già fatto, da tramite con la stampa, di sussurrare qualche notizia a quel Claudio Tarsi del «Corriere». Solo che l'altra volta l'aveva ingannato, e questa volta no. Solo che l'altra volta la notizia era falsa, e questa volta no.

Nonostante tutta la serata fosse stata un susseguirsi di sorprese e di domande senza risposta, questa è la sorpresa più grossa. La Sensini deve leggerglielo in faccia, perché lo guarda fisso come fa uno che ti ha chiesto una cortesia e non ha il coraggio di dire "Allora?" ma lo pensa con tutto se stesso.

Manlio Parrini si è versato un altro dito di cognac. Si chiede perché dovrebbe fare una cosa del genere, ma al contempo si chiede anche perché no. Che quel Carlos avesse la forza, non solo fisica, di strangolare la vedova Bastoni non lo mette in dubbio, ma non è forse la soluzione più facile, più indolore? L'uomo di servizio frustrato, magari angariato e umiliato dalla vecchia usuraia avida e avara, e il nipote complice degli affari loschi della prozia che se la cava alla grande, magari intascandosi non solo l'eredità legittima, ma anche i conti svizzeri su cui versava il malloppo.

Si chiede se nelle sue riflessioni c'entri qualcosa il senso della giustizia, oppure una malintesa coscienza di classe, per cui si trova in qualche modo a difendere il povero, lo sfigato, e a complicare la vita al rampollo ricco e fortunato.

Che scemenza.

In realtà non sta salvando nessuno, a parte la Sensini. E a questo pensiero si chiede ancora: perché no?

Ora vorrebbe fare una domanda, ma si sorprende lui stesso a farne un'altra:

«E i capelli sul cadavere?».

«Questo è un mistero, Parrini. Non sono della domestica, il Dna parla chiaro. Sarebbe stato un bel colpo, anche se poi avremmo dovuto spiegare come avrebbe fatto a tornare al volo da Padova e a ritornarci a tempo di record, non ci sono treni compatibili, cioè... molto stretti. Una macchina? Possibile, ma complicato. Certo, se i capelli fossero stati suoi... ma insomma, no, niente da fare, resta il mistero.»

Ora la fa, la domanda che voleva fare prima.

«Che macchina ha questo Matteo D'Onofrio?»

Lei capisce che quella domanda prelude a un sì, che

starà al gioco, che ha accettato quella proposta un po' sporca.

«Un suv Mercedes nero.»

Lo ha detto con un senso di sollievo.

Ora sono ai saluti. Si è fatto tardi. Il marito della Sensini è ricomparso, proprio nel momento giusto, che tempismo, Parrini si è fatto l'idea che in qualche modo abbia origliato per capire in quale esatto istante tornare in scena. E poi, quasi sulla porta, gli viene un pensiero fulmineo, un'intuizione, come una fulminazione. Si dice no, no, che scemenza. E anche: ma come ti viene in mente, vecchio pazzo. Si dà del cretino da solo, come si fa quando si è presa una decisione, ma ancora la si rifiuta con una parte del cervello. Stava ancora combattendo che già era partito.

«E se le chiedessi io una cortesia?» aveva detto, infilandosi la giacca.

Era una scorrettezza. Lei non poteva negarsi, ovvio.

«Se posso...»

Così lui le aveva spiegato, in poche parole. L'Arma dei Carabinieri aveva un archivio storico? E il tribunale di Milano? Quel che gli serviva erano i dettagli di un'aggressione ai danni di Augusto De Angelis avvenuta il 2 luglio del 1944, a Bellagio. Il processo si era concluso nel 1950, con il proscioglimento dell'aggressore, Piero Varoni, per intervenuta amnistia. Esistevano ancora in giro, in qualche archivio nascosto, i verbali, dell'indagine o del processo? Era una cosa pensabile o semplice fantasia di un vecchio pazzo come lui?

La Sensini aveva fatto una faccia stupita – ora toccava a lei – ma era tornata nel salotto e ricomparsa quasi subito con una penna in mano, e aveva scritto su un foglietto volante le date, i nomi, e quello che lui le aveva chiesto.

«Mi sembra difficile, Parrini, una cosa del '44... ma le prometto di fare un tentativo. Sa come si dice, vero? Se c'è una cosa da sapere, i Carabinieri la sanno. Mi dia un paio di giorni, ma non si aspetti miracoli.»

Le strette di mano erano state frettolose. Non erano amici, questo lo sapevano tutti. Lei gli aveva chiesto una cortesia, lui ne aveva chiesta un'altra, per quanto improbabile, in cambio. La cena era stata così così, il cognac molto buono. La chiacchierata interessante.

Ora non è nemmeno mezzanotte. Manlio Parrini è indeciso se chiamare un taxi o fare due passi fino a piazzale Baracca, dove sicuramente c'è un posteggio con le macchine bianche in attesa di clienti. Decide di camminare e intanto tira fuori il telefono, e fa partire una chiamata.

«È tardi, ti sveglio?»

«Macché mi svegli, sto lavorando per te, vengono fuori cose che non abbiamo calcolato» dice Sara De Viesti.

«Vengono fuori cose nel cuore della notte?»

«Gli archivi online non dormono mai, Manlio, quando arrivi nel ventunesimo secolo, fammi un fischio, vengo a prenderti alla stazione.»

«Beh, dimmi.»

«No, domani. Dimmi tu, piuttosto. Cos'è, ti annoi?»

Così le aveva detto. Non della sua missione da spia per conto della sostituta procuratrice, ma della piccola richiesta senza speranza che le aveva fatto a fine serata. Non si aspettava entusiasmo, da Sara De Viesti, ma nemmeno che quella cosa passasse via come acqua fresca. E invece...

«Ne parliamo domani» aveva chiuso lei.

Per fortuna il tassista non era un chiacchierone, e Manlio Parrini ha potuto tornare a casa in un discreto silenzio, pieno di pensieri.

18

Si era così immerso nelle faccende del giallo di villa Bastoni, che aveva perso contatto con la sua realtà. Realtà deprimente, a dirla tutta, perché il telefono non aveva mai smesso di suonare, ed erano appena le dieci del mattino. Per cominciare, due telefonate da importanti quotidiani italiani: un responsabile delle pagine degli spettacoli, annunciato da una segretaria, e un critico cinematografico di media importanza, che faceva l'amico, citava autori e riferimenti che pensava avrebbero potuto piacergli, insomma cercava di sedurlo, che scemenza.

Vogliono tutti la stessa cosa: un'intervista, un'anticipazione, una conferma. È vero che lavorerà con Highner? Ha un'idea di quando cominceranno le riprese? Cosa pensa del cinema attuale, ora che torna con una nuova opera? Li aveva liquidati, gentile ma fermo, dicendo che gli dispiaceva di questo enorme quiproquò innescato da un loro collega, ma non c'era nessun film, Highner non lo conosceva nemmeno, non si spiegava quella notizia, che non aveva fondamento.

Più negava e più quelli si convincevano che un film c'era, che era imminente, questione di mesi.

Restava il mistero di come avessero il suo numero, sia il cellulare sia il fisso, ed era pronto a scommettere che Luca Corrioni stesse cercando di assediarlo – meglio, di farlo assediare –, di prenderlo per sfinimento.

Così aveva staccato il telefono fisso e si assicurava di guardare bene il display del cellulare prima di rispondere, e questo finché non era comparso un numero più lungo del normale, un prefisso francese.

«Monsieur Parrinì?»

Nathalie Bissieu aveva una voce roca e lontana, molto gentile, senza moine e sfumature da questuante. Era una critica brillante, coltissima, che scriveva poco, per «Le Monde», ma quando scriveva faceva Cassazione. Uno dei pochi critici che era già in attività ai tempi de *Le verità spezzate* e aveva contribuito a fabbricarne il mito, aveva per così dire avviato la santificazione.

«È vero, allora, realizzerà finalmente un nuovo film?»

L'italiano della Bissieu era quello che era, metà improvvisato e metà scolastico, così lui, per cortesia, aveva rispolverato il suo francese, e l'aveva salutata come si deve, un vecchio gentiluomo.

Le aveva spiegato che no, di un film ancora non si poteva parlare seriamente, che c'era un'idea in fase di costruzione, ma che la struttura produttiva del cinema europeo non gli garantiva quella libertà che lui esigeva e che quindi molto probabilmente...

Mai, in tutta la vita, gli era passato per la testa di usare la stampa come strumento di pressione, di far scrivere qualcosa per suo tornaconto, o uso e consumo. Ma ora, seduto sul divano, o girellando per casa con il telefono in mano, pensava con un angolino del cervello che lo facevano tutti. Lo faceva il produttore Corrioni, lo faceva la sostituta Sensini, insomma...

Così, a mezze frasi, mentre la Bissieu parlava senza aver l'aria di chiedere informazioni, lui aveva preso a fare piccole allusioni. Per realizzare il film che voleva lui sarebbe servito un produttore... Sì, era un film denso, complesso, sull'impossibilità di essere liberi, sui condizionamenti, sui lacci che ti impediscono il movimento, sulla libertà vigilata dell'intellettuale, sui suoi compromessi, e sul fatto innegabile che il meno peggio porta inevitabilmente al peggio...

Lei non aveva fatto domande impertinenti o fuori luogo. Non aveva pietito interviste o chiesto rivelazioni, anzi, avevano parlato con grande garbo e competenza di cinema, dei nuovi autori, delle nuove correnti, del suo abbandono, che era stato, per quei trent'anni, un atto d'accusa al cinema contemporaneo. Una bella chiacchierata, quasi un'ora, in cui Parrini aveva fatto cadere, come senza parere, qualche notazione personale: la dittatura dei grandi capitali sulle sceneggiature, il marketing che sostituiva la poesia. Poi aveva detto, in chiusura, che quella chiacchierata gli aveva fatto piacere, perché il livello era diverso, più alto, più vero, delle telefonate che subiva ogni minuto. E lei aveva riso.

«*Nous sommes deux vieux briscards*» aveva scherzato lei. Due vecchi veterani, due irriducibili.

Era vero, aveva riso anche lui. E quando lei gli aveva

domandato se poteva pubblicare quella conversazione – cosa che in Italia nessuno avrebbe chiesto, lo avrebbero fatto e basta – lui aveva detto che sì, certo, a patto di non annunciare film che non esistevano ancora, e di non nominare attori con la faccia da primarie nell'Iowa.

Lei aveva riso di nuovo, ma non per la battuta, perché aveva capito.

Ora, bevuto il secondo caffè, prepara il campo di battaglia.

Sara De Viesti verrà subito dopo pranzo, con una bozza di sceneggiatura, completa, dice lei, anche se solo una prima stesura. È il lavoro vero, finalmente, quello in cui confluiscono tutte le ricerche, quello dove le cose da raccontare prendono una forma, la luce diventa precisa, le scene compongono il quadro finale.

Da quanto tempo non lo faceva? Per quanto tempo si era negato quella magia della composizione di un mosaico così complesso? Per un piccolo attimo stupefacente, Manlio Parrini si accorge di essere felice. Un pomeriggio, forse una sera, il primo di molti pomeriggi e di molte sere, accanto a Sara, a discutere di inquadrature e dialoghi, a curvare la verità per farla sembrare più vera. Il cinema era questo, per lui, e forse anche per lei, e ai soldi, al marketing, alle logiche intricate della distribuzione e del lancio, a tutte quelle faccende che con il cinema non c'entravano niente ci avrebbero pensato dopo.

Ora dovevano costruire la trama, il tessuto, organizzare i ricami, tessere tutto come quegli artigiani di Ouarzazate, o di Isfahan, che fanno meravigliosi tappeti partendo da qualche filo.

Mette sul tavolino le carte, gli appunti, li divide per argomento, per periodo storico. Qui i testi di De Angelis, una ventina di libri e fascicoli stampati, qui le fotocopie dei giornali dell'epoca, un paio di volumi illustrati sulla Milano del primo Novecento... Come lo chef che apparecchia la tavola, che vuole tutto perfetto, lindo e ordinato per quando arriveranno le pietanze.

E suona di nuovo il telefono.

«Capisco di non esserle simpatico, Maestro, ma mi sta trattando davvero male. Avevamo un patto e poi trovo su un altro giornale che lei sta preparando un film... Non sono uno che si offende, ma...»

Claudio Tarsi.

Manlio Parrini si ritrova, senza volere, con un sorriso maligno sul viso.

«Se si riferisce a quella porcheria che è uscita ieri, Tarsi, è fuori strada, come dite voialtri? Una bufala? Ecco, una bufala.»

«La sua amica Sensini è un po' nei guai, lo sa?»

«Non è mia amica, non so più come dirglielo, e comunque mi sembra una che dai guai sa uscire da sola.»

«Non ha niente da dirmi, dunque?»

«No, Tarsi, non ho niente da dirle, lei è il più bravo sulla piazza, se le trovi da solo le notizie, anche se...»

Aveva lasciato la frase in sospeso, come quelli che prima di gettare la lenza con l'amo attaccato buttano in acqua un po' di mangime per attirare i pesci. E il pesce aveva fiutato il cibo.

«Perché mi mente, Maestro, non eravamo amici?»

«Amico suo? Ah, ci manca solo questa.»

«Va bene, le offro un caffè.»

«Non posso, Tarsi, la gente normale lavora, sa? Ho da fare, nel pomeriggio, non ho tempo per la cronaca nera.»

«Ma io dicevo ora, tra due minuti.»

Si credeva pronto a tutto, ma quello era riuscito a stupirlo.

«Perché, dov'è?»

«Fuori dal suo cancello.»

Quell'uomo era il diavolo.

Si sono sistemati su una panchina in quello che il comune di Milano, bontà sua, chiama verde pubblico. Una rotonda circondata dal traffico, con due panchine, un pensionato con il cane, persino uno che legge un giornale di carta, roba da matti. Claudio Tarsi ha il suo solito impermeabile chiaro, con qualche macchia, la borsa a tracolla, la barba di tre giorni. Se è possibile immaginarsi un avventuriero urbano del ventunesimo secolo, ecco, è lui, fuori posto ovunque si trovi, eppure a suo agio ovunque. Manlio Parrini pensa che sarebbe un buon personaggio per un film ambientato in qualsiasi epoca.

«Ha ragione, Maestro, la Sensini è una che si sa difendere, ma questa volta l'attacco è concentrico. Ci sono gli avvocatoni della famiglia D'Onofrio, si figuri che uno è stato sottosegretario alla giustizia, poi i giornali della destra che sparano ad alzo zero, sa quelle cose… la giudice in cerca di protagonismo e visibilità che colpisce l'indagato vip per mettersi in mostra...»

«Che cazzata.»

«Sì, ma le cazzate, a ripeterle tutti i giorni... E poi il procuratore capo che non la sopporta, che riceve le telefonate del ministro... E ora questa faccenda delle prove false. La Sensini non può più provare la presenza del giovane D'Onofrio sul luogo del delitto all'ora del delitto, Pinzago ha mentito, probabilmente per salvarsi il culo. Il minimo che può fare per cavarsi dai guai è formalizzare l'accusa di omicidio volontario per il maggiordomo e rilasciare il nipote della morta con accuse minori, la rottura dei sigilli e la violazione di domicilio, anche se il domicilio era una casa da cui andava e veniva spesso.»

«Caso risolto, quindi.»

«Può darsi, ma questo non migliora la posizione della Sensini, perché non c'è niente di peggio che dire di avere un asso nella manica, se poi quell'asso si rivela un due di picche... sono cose che ti fanno pagare, sa?»

«La Sensini ha altri assi, Tarsi.»

Lo aveva detto come sovrappensiero, come tra sé e sé, e lo aveva cinicamente calcolato, quel tono, quella mezza voce, perché quell'altro drizzasse le antenne. Ma Claudio Tarsi era troppo intelligente, o ne aveva viste troppe, per mettersi a implorare un'indiscrezione o a chiedere in modo diretto, così era stato zitto, giocando di rimessa. E lui aveva continuato.

«Ma non trova strano che un nipote di ventisei anni vada così spesso a trovare la vecchia zia scorbutica? Va bene l'affetto, ma insomma... ci era andato la sera prima dell'omicidio, questo è accertato, e poi ha scavalcato addirittura un muro per andare a ficcare il naso la notte dopo. Va bene l'attaccamento alla vecchia zia, ma...»

«Illazioni, Parrini. Un asso deve essere un asso, non la possibilità che possa, forse, un domani, esserci un asso.»

«Non c'è dubbio, ma la sensazione è che tra il nipote e la zia ci fosse qualcosa di più che affetto, magari qualche affare in ballo...»

«Sempre illazioni.»

«Certo, illazioni. Anzi, la metta così, fantasie di un vecchio che ama le trame gialle e che ci ricama sopra perché si annoia, ma che sa fare due più due.»

L'altro zitto, in attesa.

«In quella casa c'erano quattrocentomila euro, vero? L'ha scritto lei.»

«E allora?»

«E allora la bella macchina del giovane D'Onofrio, che è stata perquisita e ora è sotto sequestro, ha un bel doppiofondo, molto ben nascosto, roba fatta da professionisti, sa? Schiacci un bottone sul quadro e scatta una molla nei sedili dietro. Se non fosse una Mercedes ultimo modello, si potrebbe chiamare una cassapanca.»

La faccia di Claudio Tarsi è un po' cambiata. Si vede che si sforza di rimanere impassibile, ma non ci riesce del tutto. Incassa l'informazione, e già si vede che tira i fili, unisce i puntini.

«Il ragazzo va spesso in Svizzera, giusto?» aggiunge Manlio Parrini. Ha l'aria di uno che dice: mi fai pena, ti aiuto.

Ora passa una di quelle moto rumorose, gigantesche e luccicanti, che dovrebbero stare in Arizona, o in Arkansas, non su una strada di Milano. La lasciano sfogare finché il rombo fastidioso si allontana.

«Forse non è un asso, ma sembra una buona carta» dice il giornalista. Però aggiunge subito:

«E lei come lo sa? È un'altra trappola come quella dell'altra volta? La Sensini le ha detto di dirmelo per cavarsi dai guai?»

Manlio Parrini ha fatto la faccia offesa, anche se gli viene da ridere. Si è alzato dalla panchina.

«Vado a lavorare, Tarsi, e se vuole un consiglio, dovrebbe farlo anche lei. Non si fidi di un vecchio annoiato, controlli le informazioni che ha, se riesce, che le pubblichi o meno mi è indifferente, non lavoro per la Sensini, se è questo che intende, anzi, non lavoro per nessuno, nemmeno per il cinema, al momento, quindi...»

Lo aveva lasciato lì, seduto e pensoso, a rimuginare su quella chiacchierata, circondato dal rodeo di macchine che faceva il giro della piazza per imboccare la circonvallazione, ed era tornato verso casa, verso la villa dei misteri, verso le sue carte e la felicità operosa che lo aspettava, un tessitore di tappeti che corre verso i suoi fili, il suo telaio.

19

Scena 14

Esterno giorno.

Augusto De Angelis ha un appuntamento in Galleria. Si siede a un tavolo, al Savini. Al cameriere, che lo conosce, dice che aspetta una persona, chiede un vermouth. Gli piace starsene seduto a vedere la gente che passa. Poi la persona che aspettava arriva, si siede. È un signore elegante, con un bastone da passeggio.

«Tremila lire» dice.

Augusto De Angelis fa una smorfia. È poco, si aspettava di più.

«Sì, lo so, ma le cifre sono queste, Augusto. La buona notizia è che ti farebbero un contratto per tre romanzi, da consegnare entro l'anno, tutti con protagonista De Vincenzi. Fa novemila, alla fine, non è niente male per i tempi che corrono, credimi.»

«Tre romanzi entro l'anno? È giugno! Tre libri in sei mesi? Per chi mi prendi?»

L'altro fa finta di non sentire.

«Se vuoi un consiglio, rendilo un po' più virile, il tuo

De Vincenzi. Bella la psicologia e le intuizioni, Augusto, ma contro il crimine ci vuole anche mano dura, qualche cazzotto, qualche interrogatorio un po'… rude ecco. Il pubblico si aspetta questo.»

«Il pubblico o i censori del Ministero?»

«Boh, io te l'ho detto, poi fai quello che vuoi, ma i tremila te li danno solo a libro pubblicato, quindi se vuoi farteli bocciare, pensaci bene.»

Aveva rifiutato di bere, si era alzato, aveva salutato ed era sparito nel via vai della Galleria, un minuto e già non si vedeva più.

Augusto De Angelis aveva finito il suo vermouth, lasciato tre lire sul tavolo e si era alzato anche lui.

Cambio luce. Dissolvenza.

Interno notte.

Augusto De Angelis è alla macchina da scrivere.

Dissolvenza. Interno notte.

Il commissario De Vincenzi interroga la domestica.

«Avete toccato qualcosa?»

«Niente, commissario.»

Si china sul cadavere. Poi si alza e fa un giro per la stanza, come se pensasse ad altro.

«Sulle dissolvenze bisogna lavorare bene» dice Manlio Parrini. «Reggere il gioco dei due protagonisti, De Angelis e De Vincenzi in alternanza, funziona, certo, ma bisogna che i cambi di luce siano… sia fluidi che feroci, ecco.»

«Sei tu il capo» dice Sara De Viesti.

Hanno in mano dei fogli, leggono a turno ad alta voce, ma lei pare distratta, distante, c'è qualcosa che non va. Lui ha fatto finta di niente, tanta era la voglia di leggere, per vedere le scene, per capire il tono, le luci, per modificare tutto, se necessario, ma con una base solida da cui partire. La felicità che si aspettava, però, ancora non arriva, perché lei ha qualcosa che le rode, e lui la conosce ormai abbastanza bene per accorgersene.

«Allora, vuoi parlare?»

Non si è trattenuto.

«Stiamo mentendo» ha detto lei. Poi, alla faccia stupefatta di lui, si era alzata e aveva raggiunto la sua borsa, ne aveva tirato fuori un blocchetto di appunti, e un foglio stampato.

«Ho un amico che fa il dottorato in Storia Contemporanea, gli ho chiesto di frugare in qualche archivio.»

Lui posa i fogli e si accende una sigaretta. Lei continua.

«Nel casellario politico centrale ci sono tutte le schede degli arrestati per antifascismo. Augusto De Angelis non c'è.»

Silenzio.

«Sarà un errore, Sara, una cosa burocratica. L'hanno preso i tedeschi, nell'inverno del '43, la situazione era… confusa, diciamo.»

«Oppure l'hanno arrestato per qualcos'altro.»

«Veniva da quei mesi alla "Gazzetta del Popolo", era certamente su qualche lista nera del regime.»

Lei ha posato il suo taccuino e ha preso l'altro foglio. Ha letto ad alta voce:

LO SCRITTORE
DI ROMANZI GIALLI
AUGUSTO DE ANGELIS
CONDANNATO PER TRUFFA

Firenze, 14 febbraio

Si è conclusa presso la nostra Pretura una causa contro il noto scrittore di romanzi gialli Augusto De Angelis. Il De Angelis qualche mese fa si era stabilito in uno dei migliori alberghi di Firenze e, raccontando di avere da riscuotere cospicue somme, aveva rinviato i pagamenti di giorno in giorno, creando un debito di 4642 lire. Di più, si era fatto prestare dai portieri dell'albergo stesso 10.000 lire. Poi lo scrittore scomparve.

Il De Angelis, giudicato in contumacia, è stato condannato a 18 mesi di reclusione con l'aggravante della recidiva, poiché sembra che questa non sia la prima delle "trovate" escogitate dal famoso romanziere.[23]

Manlio Parrini prende il foglio che Sara ha poggiato sul tavolino. Lei ha rimesso la gamba piegata sotto il culo e lo guarda. La notizia sulla condanna di De Angelis è una breve di cronaca, accanto alla *Nomina dei nuovi commissari prefettizi* e al *Munifico gesto d'un ingegnere romano a favore dell'Opera Balilla.* Il resto è propaganda, un po' ridicola, sapendo poi come sono andate le cose: *La macchina bellica anglo-sassone in continuo logoramento sul fronte italiano.* Se la cantavano e se la suonavano, insomma, nel febbraio

[23] «La Gazzetta del Popolo», 14 febbraio 1944.

del '44, ma quelle notizie dal fronte suonavano false come un biglietto da trenta euro.

«Questo cambia un po' di cose» dice Sara. «Non credi?»

«In che senso?»

«Beh, la famosa vulgata del De Angelis antifascista, arrestato per antifascismo comincia a suonare un po' debole, cosa dici? Uno che se ne va senza pagare il conto del Grand Hotel, che addirittura si fa prestare diecimila lire... ti ricordo che nel '44 uno stipendio medio era di millecinque, duemila lire, ad andar di lusso, quindi diecimila lire erano una bella somma.»

«Certo, ovvio, scappava! Non sapeva dove sistemarsi, dove nascondersi. Un buon albergo di Firenze, perché no? E bisogno di soldi per nascondersi ancora, che c'è di strano?»

«C'è di strano che dobbiamo dirlo, Manlio, che la storia è più complicata, che il profilo cambia.»

«Non cambia niente, invece, anzi, meglio! È tutto più vero, è più credibile!»

Si era alzato dal divano e aveva cominciato a camminare intorno, passi lenti, tra la zona salotto e la cucina, poi verso le grandi finestre che davano sul cortile, poi di nuovo verso i divani.

«Pensaci, cazzo! Un buon borghese, uno che abbozza, sta al gioco. Non del tutto, non a sufficienza, si direbbe dalle pressioni che subisce, dalle censure a cui deve sottostare, ma in sostanza un intellettuale che non fugge in Francia, che non si unisce ai partigiani sulle montagne.

Vuole vivere, Sara, scrivere i suoi libri. E questo non è più possibile.»

È un fiume in piena, ora, forse non parla nemmeno per lei, ma per se stesso.

«Ci ha provato in ogni modo, diviso, si direbbe, lacerato. Da una parte il romanziere che vuole scrivere i suoi romanzi, e dall'altro il teorico del giallo italiano che contesta le tesi del regime, non solo sulla materia, ma in generale... Forse ci aveva creduto, alla caduta del fascismo, i mesi alla "Gazzetta del Popolo" lo confermerebbero, si era esposto. Ma poi... Allora via, fuggire, nascondersi, vivere di espedienti... Truffa? Perché no? Cercava una scappatoia, una via d'uscita! Non la vedi, Sara, l'Italia del '44? Un Paese strozzato, senz'aria, che sta asfissiando. Con giornali che dicono che gli americani sono in crisi in Sicilia, in crisi dopo lo sbarco di Anzio. Una menzogna continua, un'aria fetida... E lui? Lui è uno che voleva fare il teatro, quasi ricco, a un certo punto, uno che aveva sposato bene, la sua Amelia, una delle quattro sorelle Maggioni, cresciute nel lusso e nella bambagia, che ambiva ai salotti, alla scena culturale milanese. Che invece scappa come un ladro... La vedi la storia? La vedi?»

Stava quasi urlando, ma non contro di lei. Gli aveva portato una rivelazione che doveva metterlo in crisi e invece quella rivelazione rafforzava la sua visione. E lui andava avanti, infervorato, finalmente convinto.

«Non è solo per gli eroi che ci dispiace, Sara. È per tutti gli altri, quelli schiacciati, quelli umiliati, che non volevano altro che vivere in pace, mangiare, dormire, tirare su i figli in un posto decente, scrivere libri gialli e commedie teatrali! Giocare ai cavalli, leggere libri francesi, o inglesi. La vita, cazzo!»

Sara De Viesti lo guarda con un sorriso. A dire il vero ce l'ha più negli occhi che sulle labbra.

Eccolo, il Maestro. Eccolo, Manlio Parrini al suo meglio. Feroce, dritto come un fuso. Lei gli portava quell'intoppo, quell'increspatura della storia, e lui la sapeva leggere dal verso giusto, sapeva raddrizzare i torti, sapeva rimettere insieme le verità spezzate. Ora non aveva più quell'incertezza di prima, quel timore, quei retropensieri scuri. Ora, circonfusa dalla sua corona di capelli rossi, sapeva che il film si sarebbe fatto, che sarebbe venuto come lo volevano loro, che un produttore da qualche parte l'avrebbero trovato, non sembrava più nemmeno un problema.

Vorrebbe abbracciarlo, ma non è nella sua natura. Se ne sta seduta, invece, e lo guarda.

Manlio Parrini è tornato sul divano, ha ripreso in mano i fogli, questa volta con un'energia più densa, contagiosa, che prima non aveva.

«Andiamo avanti» ha detto. Anche lei ha ripreso i fogli. Ora il sorriso ce l'ha pure sulle labbra.

Scena 48

Interno giorno.

Redazione di un giornale, voci concitate, scrivanie piene di carte, gente che va e viene.

Augusto De Angelis, alla scrivania, legge le carte che un fattorino gli porta, le legge ad alta voce. Sentiamo le sue parole. La camera gira per le stanze, c'è un clima febbrile.

Voce De Angelis:

«Allarme alle 0.35... Colpito quartiere Ticinese. Colpito quartiere Garibaldi... Palazzo Marino gravemente danneggiato... Statue del Duomo cadute sul sagrato... Si liberano le strade per lo sfollamento della popolazione... il Cenacolo si è salvato, grazie a Dio... Santa Maria delle Grazie danneggiata... piazza San Fedele gravemente colpita... la questura centrale distrutta...».

Dissolvenza.

Il commissario De Vincenzi entra nella questura di piazza San Fedele, saluta il piantone ed entra nella sua stanza spoglia e umida. Si siede. Apre un cassetto e ne tira fuori un libro, si mette a leggere.

Audio.

Motori di aeroplani, fischi, esplosioni.

Dissolvenza.

Audio.

Telefoni, macchine da scrivere, voci concitate in sottofondo.

Augusto De Angelis non parla più. Tiene gli occhi fissi su uno dei fogli che gli hanno portato.

(Mormora) «Brucia tutto. A Milano brucia tutto.»

Manlio Parrini alza gli occhi dal foglio e guarda Sara De Viesti.

«Dobbiamo lavorare sui suoni» ha detto.

«Dobbiamo lavorare su tutto» ha risposto lei.

La felicità che si aspettava prima, l'attesa di quel lavoro ben fatto, ora c'è tutta. Manlio Parrini, il Maestro, se la sente addosso, uno stato di tranquilla eccitazione.

Decidono di fare una pausa, di bere qualcosa. Si alza lei, però, va verso la cucina in cerca di alcol, mentre a lui pigola il telefono. Un messaggio.

È la Sensini, il messaggio dice solo:

"Grazie".

Ora è davanti al suo computer, la home page del «Corriere» aperta, il cursore che vaga di qua e di là, poi trova il titolo, è la terza notizia, con la scritta "Esclusivo".

CASO BASTONI, SI COMPLICA
LA POSIZIONE DI D'ONOFRIO

Nel testo, che Parrini scorre velocemente, si dice del doppiofondo nella macchina del ragazzo, del sospetto che i suoi viaggi in Svizzera non servissero solo a far visita alla fidanzata modella, che gli avvocati di Matteo D'Onofrio hanno accusato il colpo con un laconico «No comment, aspettiamo le carte». La sostituta procuratrice Sensini non ha voluto rilasciare dichiarazioni. Poi altre cose per allungare il brodo.

Sara De Viesti ha portato due bicchieri.

«Li ho fatti con la vodka, il gin è finito.»

«Va benissimo» ha detto lui. «Anzi, meglio.»

20

Il caso della vedova Bastoni sonnecchiava. Nessun elemento nuovo, e dallo scoop del «Corriere» erano passati tre giorni. Forse la morsa su Chiara Sensini si era un po' attenuata, le voci su un complotto ai danni del giovane D'Onofrio erano calate di intensità, gli avvocati del ragazzo aspettavano con poche speranze l'esito del loro appello al Gip, chiedevano ancora la scarcerazione, ma senza i toni dell'attentato alla libertà personale. Probabilmente erano partite le rogatorie per la Svizzera, alla ricerca di conti bancari. Claudio Tarsi non scriveva da giorni e non si era fatto sentire. Lo sfoglio dei giornali mattutino di Manlio Parrini era diventato se possibile ancora più veloce. Tutto tranquillo.

E invece c'era stata la telefonata di fuoco di Luca Corrioni.

«È così che mi pugnali?» aveva detto. Nell'ira era passato al tu. Aveva letto «Le Monde».

LES VÉRITÉS SONT TOUJOURS BRISÉES PERSONNE EN ITALIE NE PRODUIT LE NOUVEAU FILM DE MANLIO PARRINI

In effetti era un colpo basso, perché lui aveva fatto un po' di altalena tra il dire e il non dire, ma la Bissieu ci era andata giù dura, aggiungendo alle cose che aveva detto lui, pochissimi virgolettati, le sue considerazioni da vecchia irriducibile. I condizionamenti della produzione, i diktat sul cast, lo strapotere di due o tre player mondiali sulla produzione nel cinema, che mortificava la qualità. Il Maestro, insomma aveva anche lui le sue libertà spezzate. Possibile che in Italia nessuno volesse investire su un sicuro capolavoro, sul ritorno del miglior cineasta vivente? E se oggi laggiù nascesse un nuovo Antonioni, un nuovo De Sica, un nuovo Pasolini, sarebbe costretto a girare commediole piccoloborghesi o thriller sanguinari pieni di effetti speciali?

Aveva un po' esagerato, d'accordo, ma Manlio Parrini, in tutta onestà, aveva annuito a ogni riga.

Questa volta alla Bissieu aveva telefonato lui, per ringraziare, ricevendone in cambio un'altra lunga chiacchierata. Un produttore francese? Chissà, chi può dirlo, il suo articolo aveva mosso le acque suscitando un dibattito tra i cinéphiles francesi…

In compenso, la dépendance di villa Bastoni era diventata un porto di mare. Oltre a Sara De Viesti c'erano altri ospiti. Ferdinando Scotti, un giovane sui trentacinque, barbuto, massiccio, arrivava ogni mattina con la sua moto scassata che fumigava come una centrale a carbone. Era il direttore della fotografia che Sara aveva caldeggiato, un giovane talento delle luci. Manlio Parrini aveva visto qualche suo lavoro, giù nella minuscola sala cinema, e lo aveva trovato spericolato, uno convinto che la luce sia parte del film esattamente come la storia e le inquadrature, la pensava anche lui così. Scotti aveva passato due giorni su una poltrona, senza dire nulla, a leggere la sceneggiatura parola per parola.

Poi, un pomeriggio piovoso e lugubre, si era unita al gruppo anche Giovanna Marras, che Parrini aveva conosciuto anni prima. Scenografa, arredatrice, costumista. Insomma, era quella che doveva vestire il film. Un donnone enorme e gentile, sui cinquanta. Anche lei aveva letto tutto, aveva fatto domande, aveva cercato di entrare nella storia di Augusto De Angelis, seppur ultima arrivata, in punta di piedi, ma divertita ed entusiasta.

Parrini guardava il suo salotto e aveva la sensazione bellissima di trovarsi finalmente in un collettivo. Le riunioni erano volanti, stando tutti nella stessa stanza bastava dire: «Venite qui!» o «Riunione!» e tutti si facevano attenti. Quel che si voleva era uno scivolare della storia verso il buio, la morte per botte del protagonista. Lentamente, inesorabilmente, tutto doveva sfilacciarsi, imbruttirsi, logorarsi proprio come aveva fatto la vita di De Angelis, e come aveva fatto il Paese: una discesa all'inferno, lenta, quasi impercettibile, quasi subliminale. Dagli anni Trenta, ancora luminosi e mondani, con i gialli di De Angelis, le signorine filiformi, i ricconi della Milano altoborghese, gli interni scintillanti di Liberty e di legni lucidi, si progrediva verso ambienti più tetri, più sciatti, tutto diventava più povero.

Il giovane Scotti aveva capito, aveva suggerito lui quell'impercettibile variare delle luci, la Marras teneva sempre in mano un enorme blocco da disegno, e con due o tre linee traduceva in vestiti, o dettagli, o ambienti le loro riflessioni. La Milano del '35, del '36, la città internazionale e scintillante dove De Angelis piazzava come pedine i suoi mister Brennan e le sue signorine O'Really, non era la Milano del '43, del '44, impaurita e ferita dalle bombe inglesi, terrorizzata dal comando tedesco. Quella differenza doveva vedersi in ogni dettaglio, nelle luci, nelle nuance di grigio, nei vestiti, nei lampadari sfavillanti che diventavano luci fioche, per l'oscuramento, sì, ma anche per il declino, la paura, la fine imminente.

Manlio Parrini era felice? Sì, senza dubbio. Si sentiva vivo e agitato, ma soprattutto sentiva su di sé la responsabilità del suo collettivo di lavoro. E se nessuno si fosse fatto avanti per produrre il film? E se tutto quel dispiego di talenti, di idee, di suggestioni, fosse rimasto sulla carta? Oscillava tra vari stati d'animo. Forse liquidare in quel modo una produzione ricca e potente come quella della StratoFilm era stata una stupidaggine. O forse no. Forse si sarebbe fatto avanti un bel nome del cinema francese, una di quelle coproduzioni…

Scuoteva la testa per scacciare il pensiero. Bisognava ridisegnare la scena 65, oppure ragionare sui suoni e le musiche.

Era comparso, per un paio d'ore, anche Saverio Protti,

l'attore, quello che Parrini immaginava perfetto protagonista del film, il suo De Angelis. Timido e schivo, onorato di essere convocato dal Maestro per fare due chiacchiere. Stava recitando un Čechov, ancora un mese tra Roma e Firenze, e poi aveva contatti per una piccola produzione in Austria, ma certamente un film di Parrini avrebbe avuto la priorità assoluta. Aveva ascoltato la storia, si era stupito moltissimo che il padre del giallo italiano fosse finito ammazzato come un cane dai fascisti. Perché quella storia non era nota? Perché una simile metafora storica era stata nascosta? Se n'era andato speranzoso, eccitato, forse anche lui aveva capito che quel collettivo emanava qualcosa di speciale. Probabilmente, appena fuori di lì, sarebbe corso in libreria a procurarsi qualche giallo degli anni Trenta.

E poi una sera, quando il collettivo si era sciolto, Sara era tornata a casa e il giovane Scotti aveva affumicato il quartiere con la sua moto, aveva telefonato Chiara Sensini, la sostituta procuratrice. Parrini se la vedeva, nel suo salotto, con il marito abbronzato, stanca della giornata.

«Mantengo le promesse, Maestro!» aveva detto.

Dell'indagine non avevano parlato, lui aveva chiesto come mai ci fosse silenzio attorno al caso Bastoni, e lei aveva sorvolato con uno «Stiamo lavorando» che voleva dire: parliamo d'altro, se non le dispiace.

«Ho incaricato della sua indagine un ragazzo che lavora qui, al Tribunale. È un piccolo topo degli archivi, non mi chieda di più, ma insomma, avrebbe delle cose da dirle...»

Manlio Parrini era andato a dormire con la sensazione che i fili si stavano intrecciando, che non ne sarebbe avanzato uno, che non avrebbe dovuto rivedere tutto il disegno, solo piccoli dettagli, sì, certo, un milione di piccoli dettagli, ma...

Alle nove e un quarto, con la città ancora umida ma un sole glorioso che la colora di giallo intenso, Sara De Viesti è arrivata al bar di corso di Porta Vittoria, accanto al Palazzo di Giustizia, suscitando una certa ammirazione tra la fauna avvocatesca. La sua chioma rossa brillava, e lei stava dritta e fiera come un cavallo di pelo fulvo, sicuro di vincere il Gran Premio. Sentendosi un po' ridicolo, Manlio Parrini aveva avuto un piccolo fremito andandole incontro: una cosa che ogni uomo lì presente avrebbe voluto fare al posto suo.

Vecchio mitomane, si era detto, e aveva riso di se stesso.

Alessandro Sacconi si era presentato con un gran sorriso e una stretta di mano ferma. Si erano aspettati un tipo minuto e grigio, polveroso come i suoi archivi, e invece avevano davanti un ragazzo di nemmeno trent'anni, con una maglietta dei Nirvana, le sneaker sfondate e la faccia curiosa, coi capelli da chitarrista dei Led Zeppelin. Non li aveva portati in un ufficio, come si aspettavano, anzi lui un ufficio non ce l'ha, aveva detto. Quindi avevano percorso corridoi con il pubblico, e poi corridoi senza pubblico, e poi scale interne, illuminate con lampadine gialle, da bunker antiatomico albanese. Quindi una porta, e poi un'altra, fino ai sotterranei, così pareva, dove si erano trovati in una cattedrale dalle volte altissime, scaffali di lamiera pieni di faldoni, raccoglitori, buste gialle, polvere, lampadine esauste di fare il loro lavoro, altre arrese, bruciate. Il ragazzo aveva vagato apparentemente in modo casuale tra i corridoi, ma sapeva dove andare. Aveva preso una scala, si era arrampicato, e aveva passato a loro, che stavano sotto, due enormi scartafacci legati da elastici consunti dal tempo. Poi si era appoggiato su una scrivania che stava a pochi metri e aveva cercato in quei pacchi di carte vecchie, pieni di vite passate, di sentenze di verbali, di fotocopie ingiallite, di fogli che sembravano sfarinarsi tra le mani.

«Ecco» aveva detto estraendo una busta da tutto quel bailamme di scartoffie. Sulla busta c'erano dei numeri, la pratica, le date, i timbri e un nome: Varoni Pietro. L'assassino di De Angelis, lo squadrista che gli aveva tirato quei pugni e quei calci mortali il 2 luglio del 1944.

«Dovete guardarlo qui» aveva detto il ragazzo. «Non si porta via niente, e niente fotocopie, fate con calma, torno tra un po'.» Sara De Viesti aveva cercato una sedia, una stava già lì, e aveva aperto il suo taccuino. Manlio Parrini aveva cominciato a sfogliare le carte, le mani gli tremavano un po', chissà perché aveva sperato che lei non se ne accorgesse.

Non c'era molto da scoprire, però. La ricostruzione del «Corriere» del 1950 che Sara gli aveva portato all'inizio della storia era perfetta: il Varoni era stato prosciolto definitivamente dall'accusa di omicidio preterintenzionale, grazie alle perizie, ai bravi avvocati che si era procurato e alla volontà di chiudere un periodo storico che era scomodo per tutti, per le vittime, di certo, ma soprattutto per i carnefici. Il reato era stato derubricato a "lesioni volontarie" niente di grave, l'amnistia aveva fatto il resto. Manlio Parrini ha dato una scorsa all'arringa dell'avvocato difensore, dove ricorre più volte il termine "battibecco" lo stesso usato dal «Corriere» nella sua cronaca dell'epoca.

Ma tutto questo non è interessante, lo sanno già. Quel che cercano è altro, cioè l'inizio della storia, la denuncia del fatto, un verbale, un foglio, una deposizione che risalga al luglio del '44. Così vanno indietro con il dossier, saltano le complicatissime analisi tecniche, le pagine scritte dai dottori, le risultanze delle perizie dopo che il cadavere del De Angelis era stato riesumato.

E poi lo trovano. È un foglio ingiallito, vecchio, scritto a macchina con righe un po' sghimbesce, la data è 3 luglio 1944 / XXII.

> Nel primo pomeriggio del 2 luglio 1944 /XXII la locale tenenza dei Reali Carabinieri, intervenuta per un taffe-ruglio segnalato da passanti, in località San Giovanni, Bellagio, di presso l'imbarcadero…

Non più di una trentina di righe, scritte nel linguaggio dell'epoca fiorito e involuto allo stesso tempo. La vittima del pestaggio, poi identificata come De Angelis Augusto, nato a Roma il 28/06/1888 è stata trasferita all'ospedale di Como in stato di semincoscienza. A quanto ricostruito dai Carabinieri, il De Angelis si sarebbe rivolto a una donna, con toni accesi, ne sarebbe nato un diverbio.

La donna era accompagnata da un uomo, risultato poi essere Pietro Varoni, il quale, con due amici prontamente intervenuti a suo sostegno, avrebbe percosso lungamente la vittima, lasciandola priva di sensi. La donna e gli altri due, i complici del pestaggio, hanno fatto perdere le loro tracce e non figurano più, né nei verbali successivi, né negli interrogatori del Varoni, che ha sempre sostenuto la tesi del "battibecco".

Il verbale si conclude con il fermo del Varoni. Non si citano testimoni. È firmato maggiore Stefano Astarita, con date e timbri ripetuti.

«Strano, vero?» dice Sara De Viesti.

Manlio Parrini non parla, sta vedendo la scena, sta accendendo la luce... il primo pomeriggio... sta pensando a dove mettere la macchina, al piano sequenza.

«Cioè» continua lei, «tutto nasce dalla discussione con una donna, ma la donna scompare, non c'è più, né nei verbali né agli atti del processo, nemmeno il nome, come anche i complici. A quanto pare nessuno l'ha nemmeno chiesto, al Varoni, chi fosse la signora...»

Sì, strano.

Quando escono alla luce del giorno, ne sanno come prima, è un'altra verità frammentata, lisa, che non scioglie i loro dubbi, che non risolve del tutto la scena finale del film.

La loro relazione al collettivo, quindi, contiene un po' di delusione. Solo Ferdinando Scotti si agita un po'. I Carabinieri... a Bellagio, nell'estate del '44? Il verbale, che Sara De Viesti aveva fotografato con il telefono, parlava chiaro, ma...

Così Sara aveva convocato il suo amico storico, quello del dottorato che già aveva frugato per loro negli archivi e nel casellario politico. Lui era arrivato nemmeno un'ora dopo e, pur emozionato per la presenza di Manlio Parrini, il mito del cinema, aveva occhi solo per lei. Una scena divertente.

Così il "collettivo De Angelis", come lo chiamavano scherzando, si era allargato, ora c'era anche un esperto del periodo, perché non ci avevano pensato prima? Avevano cenato – cinese, questa volta – e parlato a ruota libera, ma soprattutto ascoltato questo Gianni, che aveva tenuto la sua breve lezione, sempre osservando di sottecchi la chioma rossa di Sara, che forse si rendeva conto di quelle attenzioni e forse no, comunque non lo dava a vedere.

No, certo, il 1944 non era stato un anno facile, se facevi il carabiniere in Italia. A Roma, già nell'ottobre del '43, l'Arma era stata sciolta, migliaia di militari deportati, o fatti prigionieri, qualcuno, anzi parecchi, erano finiti nelle file partigiane, con i monarchici, proprio quello che i tedeschi volevano evitare. Al Nord, nella Repubblica di Salò, l'Arma era ufficialmente ancora in piedi, con funzioni di pubblica sicurezza. Insomma, i nazisti e la milizia si occupavano di reprimere la popolazione, e loro, i pochi Carabinieri ancora in servizio, dovevano solo prendere i delinquenti e mantenere l'ordine pubblico. Questo sulla carta. In realtà capitava che collaborassero con tedeschi e fascisti per i rastrellamenti, ma per lo più si davano alla macchia, semplicemente nascondendosi, oppure passavano a combattere con le brigate partigiane.

«Dovrei controllare le date» dice ora il giovane storico innamorato, «ma credo che l'Arma, al Nord, sia stata ufficialmente sciolta dai tedeschi all'inizio di agosto del '44. Temevano la fedeltà al re, e avevano ragione. Allo scioglimento, furono sostituiti dalla Guardia Nazionale Repubblicana, un corpo agli ordini diretti di Mussolini, che li pensava modellati sulle SS tedesche. Dei delinquenti e della sicurezza dei cittadini non fregava più niente a nessuno, i nemici erano solo i partigiani e i civili che li aiutavano.»

Teoricamente, dunque, quel verbale del maggiore dei Reali Carabinieri Stefano Astarita poteva essere una specie di ultimo atto della tenenza di Bellagio, prima della deportazione, o della fuga.

«Sarebbe bello trovarlo» dice Sara De Viesti. «Cioè non lui, ovvio, ma magari un figlio, un nipote...»

«Difficile» risponde il giovane storico. «Non saprei nemmeno in quale archivio cercare.» Parla con la morte nel cuore, è evidente, perché lui con quella donna andrebbe a cercare qualunque cosa ovunque.

Dopo, Parrini e Scotti si erano chiusi nella sala cinema, il direttore della fotografia voleva che il Maestro vedesse alcuni effetti, alcuni filtri che lui usava in un certo modo. Il collettivo si era sciolto, come ogni sera, consapevole che c'era tantissimo lavoro da fare, e che lo stavano facendo al buio, senza sapere se il frutto di quelle fatiche sarebbe stato un giorno davvero proiettato in una sala cinematografica.

Era frustrante, sì, ma nessuno di loro avrebbe rinunciato ora.

21

Ormai non vede più. Se c'è luce deve chiudere gli occhi, se è buio può tenerli aperti, ma il risultato è lo stesso. Le uniche ore di pace sono quelle che seguono la puntura, allora il dolore si placa, anche se il respiro resta faticoso. Sente che le forze lo abbandonano.

Solo l'udito lo tiene agganciato al mondo, a volte gli sembra di usare le orecchie come unghie, per aggrapparsi alla vita, per sentire che non c'è solo lui, con quel fischio nei polmoni. Gli sembra di sentire di nascosto Radio Londra. I medici che ronzano lì intorno commentano i fatti del giorno, lui capisce e non capisce, fatica a isolare le frasi dal rumore indistinto. Gli americani sono lenti, lentissimi, non arrivano più. I tedeschi si fanno più impauriti ogni giorno che passa, quindi più feroci. Ci sono state delle fucilazioni, a Como, la gente è atterrita, stritolata dal terrore di essere sfiorata anche soltanto dal sospetto.

Al suo capezzale, ma non potrebbe giurarlo, si è rifatto vivo quel maggiore dei Carabinieri che già lo aveva visitato una volta. Crede di saperlo per certo perché alla domanda – «Capisce?» – che lui aveva fatto alla suora, lei aveva risposto: «Solo a tratti, ma ormai...».

Forse aveva trovato una sedia per mettersi qualche minuto accanto a lui, gli aveva preso una mano, e aveva parlato un po', più a se stesso che a quel semicadavere bianco come un cencio, ansimante, più di là che di qua.

«Ho fatto quel che ho potuto» diceva il maggiore. «Il vostro aggressore è stato fermato, ma di come vanno oggigiorno le cose di giustizia non so dirvi... Anch'io me ne vado, a giorni ci cattureranno e ci spediranno in Germania, colpevoli di essere fedeli al nostro Re.»

Insomma, Augusto De Angelis, quasi del tutto incosciente, aveva avuto, nel suo letto dell'ospedale Sant'Anna di Como, la precisa sensazione che non solo lui stava morendo, ma tutto. Tutto crollava, tutto si disfaceva, tutto quello che aveva visto e amato non c'era più. Ora anche quel carabiniere monarchico, monarchico come lui, si arrendeva a cose più grandi, al destino.

Si era ritrovato a pensarlo, quella notte, a sperare che riuscisse a mettersi in salvo in qualche modo. La Svizzera è vicina, forse un carabiniere conosce i sentieri giusti. Forse.

Le tenebre lo avevano avvolto, ma se fossero le tenebre del giorno o della notte non avrebbe saputo dire.

22

Il sabato se lo sono tenuto libero, e anche la domenica. Avevano deciso che non c'era fretta, ma soprattutto che il lavoro fatto doveva sedimentare un po', le cose scritte sembrano diverse se le riprendi in mano dopo una pausa.

Quindi Manlio Parrini non ha nulla da fare, se non confessarsi che quell'intervallo gli pesa, che è felice solo quando la sua casa risuona di voci, quando si scambiano pareri, si suggeriscono variazioni, si immaginano inquadrature o intersezioni che non avevano pensato prima.

A sorpresa, Nathalie Bissieu aveva telefonato ancora, evidentemente aveva preso a cuore la faccenda di monsieur Parrinì che non riusciva a fare il suo film, doveva sembrarle una cosa come Michelangelo che non riesce a procurarsi un blocco di marmo, bontà sua.

«Sono a Milano» aveva detto, lasciandolo stranito per la sorpresa.

Voleva parlargli. Non era da sola. Aveva tempo per una cena? Avevano fissato per domenica sera, al ristorante del Gallia, in piazza Duca d'Aosta, la Bissieu si trattava bene, per un attimo vile e passeggero Manlio Parrini aveva sperato di non dover pagare lui.

Il weekend si era dunque trascinato lentissimo, noioso, lui aveva camminato un po', telefonato al suo amico medico che però era a un torneo di golf e non aveva avuto tempo per fare conversazione.

«Bevi? Fumi?» gli aveva chiesto. Si era pentito di averlo chiamato.

L'unico brivido veniva dalle notizie sul caso Bastoni, che si annunciavano con vari articoli sui giornali, addirittura in prima pagina. Ovviamente aveva scelto il «Corriere», in omaggio alla sua semiamicizia con Claudio Tarsi.

SVOLTA CLAMOROSA NELL'OMICIDIO BASTONI, C'È UN MANDATO DI CATTURA INTERNAZIONALE

Aveva letto avidamente il pezzo di Tarsi, e poi anche quelli degli altri giornali. La sostituta procuratrice Sensini ha emesso un mandato di cattura internazionale per Sophie Verraux, ventitré anni, cittadina svizzera residente a Basilea, sentimentalmente legata a Matteo D'Onofrio, il nipote della vittima trovata strangolata la mattina del… eccetera eccetera. Siccome la signorina è bella e i social sono pieni di sue fotografie, i giornali ci sguazzano come non mai, felici di gettare un po' di ossi al pubblico affamato e morboso. Sophie è bella, sì, bionda, slanciata. Fa la modella, di alto livello, è una che sfila per Saint Laurent e per Gucci, e gestisce, già a quell'età, un suo brand di cosmetici, per cui le foto sui giornali sono di vari tipi: quelle sulle passerelle, e altre più istituzionali, dove compare in veste di imprenditrice della skincare, qualunque cosa sia, pensa Manlio Parrini.

La signorina deve avere una famiglia notevole alle spalle, ovvio, lo si capisce dagli avvocati. Uno, con più cognomi del re di Prussia, assicura che si tratta di un evidente malinteso, che non si opporrà a nessun tipo di richiesta da parte della Procura di Milano, che la signorina Verraux è a totale disposizione degli inquirenti. E anche – Tarsi non lo scrive ma fa capire che il dettaglio non è secondario – che aspettano le rogatorie e la visita del magistrato italiano che si occupa del caso.

Subito ma non subitissimo, ecco.

Gli avvocati di Matteo D'Onofrio, invece, rialzano un po' la testa. Un mandato di cattura, niente di meno, per la fidanzata del loro assistito conferma il feroce accanimento della Procura che, non riuscendo a risolvere il caso, spara alla cieca sperando di intimidire un indagato. Del tuttofare peruviano, che sta sempre in una cella a Opera, non parla più nessuno, non ha avvocati potenti.

Manlio Parrini si beve tutti i dettagli, giustificandosi con il fatto che non ha niente da fare, è inoperoso, annoiato. Pensa persino di telefonare alla Sensini, ma ovviamente lascia perdere. Claudio Tarsi, invece, chiama lui.

«Stavo giusto leggendo i suoi romanzi, Tarsi. Il giallo di villa Bastoni si fa sempre più interessante.»

«Ah, ha già letto, che peccato, volevo farle una sorpresa.»

«Beh, una vera svolta, no?» dice ora, contento di poter commentare la storia con uno che sa molte cose. «Certo che la Sensini deve avere delle buone carte in mano, questa volta, perché per emettere un mandato internazionale...»

«C'è una sola spiegazione, Parrini.»

«E quale?»

«I capelli biondi di donna sul cadavere.»

«Ah, già, me li ero scordati.»

«Pare che in quella casa, la mattina del delitto, ci fosse più gente che allo stadio.»

«Ma lei, Tarsi, mi scusi... se la vede una modella ricca e famosa, che sta sulla copertina di "Vogue", una che frequenta place Vendôme come io e lei andiamo alla pizzeria all'angolo, che strangola una vecchietta a Milano?»

L'altro aveva riso, ma non più di tanto.

«Sì, ha ragione, Maestro, ma chi lo sa come la gente ammazza altra gente, cosa gli passa per la testa, cosa succede in quei momenti. E poi... il suo De Angelis non le ha insegnato niente? Uccidono i poveri, Parrini, e uccidono i ricchi, quelli colti, gli ignoranti...»

«Non mi dica che si è messo a leggere De Angelis!» Questa volta aveva riso davvero, una risata sincera, che univa sorpresa e ammirazione. Quel Tarsi era davvero un fenomeno.

«Quasi tutto. Molto piacevole, divertente, terribilmente démodé... forse è questo che mi piace. Ora sono alle tre rose,[24] guai a lei se mi dice come va a finire, anche se in quei gialli ogni volta che compare un nome straniero...»

Avevano concluso la chiamata con degli arrivederci

[24] Augusto De Angelis, *L'albergo delle tre rose*.

burberi e ruvidi, quei «ci vediamo» che potrebbero anche voler dire che non si sarebbero rivisti mai, ma la telefonata aveva messo Parrini di buon umore.

Non restava che prepararsi per la cena.

Davanti all'armadio si rende conto che per una serata elegante, anzi una cosa di gran lusso, nientemeno che sulla terrazza del Gallia, non è attrezzato. Non ha vestiti decenti, cioè solo due, ma sa che quando se li mette sembra un macellaio arricchito al matrimonio della figlia, quindi desiste da subito. Si era comprato addirittura un frac, una volta, anzi gliel'aveva imposto Anita, per una cerimonia all'Eliseo, dopo la vittoria de *Le verità spezzate* a Cannes, e non l'aveva mai più rimesso. Sghignazza al pensiero di presentarsi in frac in piazza Duca d'Aosta... e perché non in cilindro e monocolo?

Vecchio pazzo.

Alla fine si veste come al solito, una buona giacca e via, perché dopotutto è un artista, e può fare ciò che vuole.

Nathalie Bissieu è come se la ricordava, una bella signora abbondante, luminosa, bionda in modo imbarazzante, con una risata rumorosa, abbastanza elegante da non far sospettare che sia un'eleganza d'occasione. Gli altri commensali sono un signore sui cinquanta, giacca e cravatta, l'aspetto da uomo d'affari molto indaffarato che si prende una pausa, e una signora più giovane, sui trentacinque. La Bissieu fa le presentazioni: lui è l'avvocato Patrick Foscal, di Parigi, e la signora è Catherine Lacroix, direttrice della Cinémathèque française. I convenevoli da buona, anzi buonissima società partono e si esauriscono insieme agli aperitivi. Decidono di parlare in francese. Sembrava l'uomo, il capo, invece è la giovane signora che prende la palla.

La sua intervista a «Le Monde», anzi, il bell'articolo della Bissieu ha suscitato un ginepraio, nel mondo dei cinéphiles francesi. A grandi linee c'è chi pensa che lo strapotere delle piattaforme americane sia una manna dal cielo, ma c'è anche chi sostiene che debba rimanere uno spazio per il cinema d'autore, che almeno qualcosa, ai livelli alti di linguaggio e di arte, si debba poter muovere liberamente. Da tempo il mondo del cinema francese è in agitazione, si vorrebbe più Europa e meno supereroi americani, a dirla semplice, e molti piccoli produttori, insieme a qualche istituzione che vanta grossi sponsor – sta parlando di sé – vedrebbero di buon grado il ritorno di Parrini sotto la bandiera del cinema d'autore.

«Più arte e meno mercato» aveva concluso la Bissieu, mentre l'avvocato aveva portato la sua pietruzza sostenendo che le cose non sono in aperta contraddizione, che a volte l'arte, il cinema d'autore, funziona benissimo anche al botteghino, anzi in quel caso è meglio, la nicchia non ci interessa. Era l'uomo dei soldi, ovvio.

Certo, il Maestro non doveva dire sì o no, era giusto una serata in cui loro avevano l'onore di incontrarlo, e dirgli che non era solo nella sua battaglia contro l'algoritmo che scrive le sceneggiature e il marketing che disegna le trame e sceglie i cast.

Si trattava insomma di pensarci, di ponderare, di decidere se una simile battaglia – che lui doveva combattere soltanto sentendosi totalmente libero e facendo un bel film – meritava di essere combattuta. In caso contrario, per loro sarebbe stata soltanto una buona cena tra amici, a Milano, «*cette ville si dynamique*».

La serata era finita al bar del Gallia, soltanto lui e la Bissieu. Ora potevano parlare liberamente.

«I soldi li hanno» dice lei. «Quello non è un problema. Fingeranno di consorziare piccoli produttori, ma il grosso lo faranno loro. Noi francesi la prendiamo sul serio questa cosa del cinema, non ci piace che gli americani vengano a marciare sotto la Tour Eiffel. E ci metterei anche che il Ministero della Cultura, a Parigi, considererebbe un bel colpo aiutare a produrre il nuovo capolavoro di monsieur Parrinì che in Italia nessuno vuole fare.»

Lui aveva riso:

«Al Ministero della Cultura in Italia probabilmente non sanno nemmeno chi sono, non faccio il presentatore di canzoni o di giochi televisivi» aveva detto.

Stava esagerando, ma non più di tanto.

Alle undici e mezza era tutto finito.

La proposta era stata fatta, le carte erano in tavola. Manlio Parrini avrebbe dovuto essere al settimo cielo, e invece si sentiva invaso da una piccola malinconia. Aveva rifiutato il divo americano emergente e altre condizioni un po' assurde, e ora stava per accettare la grandeur francese, lo sciovinismo da Re Sole che diceva «*Le cinéma c'est moi*». Non era, in fondo la stessa cosa? No, non la stessa cosa, certo, ma la stessa pasta, la stessa logica imperiale.

Si ripeteva che doveva essere contento, invece, che doveva dirlo agli altri, che il film non era più un'ipotesi...

Poi aveva guardato il telefono, quattro messaggi, tutti di Sara De Viesti, in un crescendo di urgenza che poi si era arreso. «Dove sei?» diceva il primo. Poi: «Rispondi, cazzo». Poi ancora: «Ti diamo mezz'ora». E l'ultimo: «Vabbè, domani mattina da te. Presto».

Nient'altro.

È mezzanotte appena passata. Manlio Parrini pensa di telefonare, ma poi lascia perdere. Domani mattina, va bene, presente!

Ora vuole godersi quel momento di lotta intestina tra il Parrini felice per aver trovato un produttore e il Parrini nichilista che pensa che la libertà non esiste, è sempre limitata, è sempre condizionata. Non sarà il Luca Corrioni con i produttori americani e la Film Commission di Portofino, no. Sarà l'Arc de Triomphe e il governo francese che si fa paladino della cultura europea. È contento, certo, ma in fondo...

23

Non sono nemmeno le otto, Manlio Parrini si è appena alzato, aspetta che il borbottio della moka si faccia più intenso, intanto si gode il profumo e pensa alla sera prima. Dovrebbe fare i salti di gioia, e invece si sente addosso una strana ansia. Che cretino, aveva dato la colpa a questioni di principio, al senso di oppressione di avere un padrone, uno che detta le regole. Che fosse Luca Corrioni con le sue scemenze o i raffinati milionari francesi in missione per la grandeur culturale non cambiava molto.

Ora invece si guarda, in mutande, davanti allo specchio del bagno.

Vecchio imbecille, cambia molto, invece.

E siccome quello è il momento della sincerità, dell'onestà totale con se stesso, dell'esame impietoso, deve ammettere quel che non voleva vedere ieri sera, in taxi, mentre leggeva i messaggi di Sara. L'ansia, l'insoddisfazione, la paura, non dipendono dai soldi o dalla produzione del film, ma dallo sgomento di non riuscire a farlo. Aveva un alibi tecnico, finora, un bel paravento per dire: non si può fare. E ora non ce l'ha più, la storiella del genio vittima dei condizionamenti e delle pressioni non regge. Ora dipende solo da lui, Manlio Parrini, monsieur Parrinì, il Maestro... come aveva scritto la Bissieu? "Il più grande cineasta vivente." Vecchia pazza pure lei! Ecco, ora aveva paura di non essere capace, di non essere all'altezza del suo grande film di trent'anni prima. A settant'anni passati, con il fisico che cede, con il dottore che gli dice di comprarsi un cane e giocare a bocce, aveva succhiato energia da quei giovani entusiasti, Sara, il mago delle luci... un vampiro che si nutre di sangue giovane. Ma era di se stesso che dubitava, in fondo, e...

Il citofono.

Sara e il giovane storico sono piombati in casa come una folata di vento.

«Volete un caffè?»

«No, andiamo!»

La macchina è quella di Sara, ma guida Gianni. Filano, si fa per dire, ancora verso il lago, incuranti, sulle prime, delle domande che fa Parrini, una giaculatoria di dove andiamo e perché, e decidetevi a dirmi qualcosa. Poi, quando sono finalmente fuori dalla città, Sara comincia a parlare. Non sapevano che fare, quel sabato e domenica, così lui – indica Gianni – ha avuto l'idea di un giro da quelle parti, di fare dei cerchi concentrici intorno a Bellagio e andare a vedere i dintorni... ma non i dintorni... i cimiteri.

Sono posti tristi e belli, piccoli cimiteri di paese, o di cittadine appena più grandi di un quartiere di Milano. Un po' cercavano, un po' parlavano, un po' si guardavano intorno. Il lago, e le zone del lago hanno questa strana sospensione tra la città che li ha colonizzati e una pace scorbutica che li chiude a riccio.

Erano partiti da Bellagio, ovvio, e poi avevano girato a cerchi, come aquile a caccia, il cimitero di Canzo, quello minuscolo di Ballabio. Il cimitero monumentale di Lecco lo avrebbero lasciato per ultimo, perché è grande, e perché avevano deciso che sarebbe stato il tentativo estremo, la fine della corsa. Piccoli camposanti di montagna, alcuni a picco sul lago, in punti panoramici dove ti aspetteresti la villa di un riccone milanese, e invece no, la morte conta ancora qualcosa, per fortuna, o contava, perché sono tutti cimiteri antichi, alcuni con un registro delle sepolture e altri senza niente, nemmeno il casotto del guardiano, solo piccoli vialetti di sassolini tra le tombe, una parete per gli ossari, un rubinetto per chi vuole cambiare l'acqua ai fiori.

E poi l'avevano trovato. Quando non ci credevano più – ma non che ci credessero molto fin dall'inizio... Insomma, sì, era stato un colpo di fortuna, ma anche il premio per il tentativo disperato, al limite dell'idiozia.

Ora sono tutti e tre nel cimitero di Maggianico, che ormai è la periferia di Lecco, un piccolo camposanto ai piedi della collina, dietro la chiesa di Sant'Andrea. Dritti, quasi sull'attenti, davanti a una semplice lapide bianca:

FRANCESCO ASTARITA
(2-4-1880 – 19-8-1949)

La piccola foto in bianco e nero, in una cornice ovale, mostra un bell'uomo vigoroso, preso a mezzobusto in divisa da carabiniere. La lapide accanto, uguale, precisa, recita:

ANDREINA CASPIANI ASTARITA
(13-1-1889 – 23-11-1957)

La moglie. Anche lei ha la sua fotografia, ma è presa quando già la signora aveva una certa età, non si può dire se fosse una bella donna, anche se Manlio Parrini pensa che una nata in quegli anni, che aveva visto due guerre mondiali, doveva essere una bella donna per forza, un pensiero un po' stupido.

Sara e il giovane storico innamorato di lei, senza speranza, poco ma sicuro, avevano parlato con il prete, un pretino nuovo, nero, originario del Togo, appena ordinato sacerdote, che del cimitero non sapeva niente, ma li aveva indirizzati a un vecchio del posto che faceva dei lavori per la parrocchia. Questo li aveva mandati da un'altra, una vecchia rinsecchita, una beghina del posto. Erano andati a parlarle.

Sì, gli Astarita vivevano ancora in zona, qualcuno andava ogni tanto a portare dei fiori, il 2 novembre, sulla tomba del vecchio carabiniere e della moglie, ma non sapeva chi né dove trovarlo. C'era un Astarita che aveva un'officina meccanica, appena fuori dal paese, ma aveva chiuso da un po'. Poi la vecchia si era fatta sospettosa, forse perché sono domande che non ti fanno tutti i giorni, quelle su una tomba al cimitero, o forse perché la chioma rossa di Sara De Viesti può mettere in allarme qualunque creatura di sesso femminile sul pianeta.

Manlio Parrini ascolta incredulo la storia, ma non riesce a staccare gli occhi dalla piccola foto del maggiore dei Regi Carabinieri Francesco Astarita, morto a sessantanove anni, l'uomo che aveva catturato l'assassino di Augusto De Angelis. L'occhiata che scambia con Sara dice tutto, e lei capisce al volo. Questo qui, questo signore che ha voluto sulla tomba la foto in divisa, deve entrare nella storia, deve avere una parte nel loro film. Sara sorride perché ha capito. Il giovane storico no, non ha capito niente, forse è così perduto che pensa che Sara stia sorridendo a lui.

Comunque, avevano abbandonato le ricerche all'ora di cena, Sara gli aveva scritto dei messaggi, ma lui non aveva risposto.

Ora sono sulla statale che porta a Calolziocorte, lungo il lago, verso sud, il ramo di Lecco. Probabilmente il fantasma del Manzoni aleggia tutto intorno, ma loro non lo vedono. L'officina di cui ha parlato la vecchia, se è quella, è al piano terra di una palazzina rossa, un po' scrostata, che avrebbe bisogno di un intervento alla facciata. Le due serrande sono chiuse, il posto ha l'aria abbandonata. Sui citofoni ci sono due nomi, ne suonano uno a caso. Niente. Suonano l'altro. Invece di rispondere al citofono, una signora si affaccia da una finestra del primo piano. Le chiedono del meccanico.

«È chiuso da un anno» dice quella, gridando dalla finestra.

«E non sa dove...»

«'Spettate, scendo.»

Forse la signora non vuole perdersi un'occasione di pettegolezzo, di racconto alle amiche, pensava che cercassero un meccanico, invece pare che cerchino proprio quello lì, non hanno la macchina guasta. Una volta scesa, resta sul portone mezzo aperto. L'Astarita ha chiuso bottega da un po' di anni, non sa se l'officina è in vendita o se l'affitteranno, per adesso è vuota. Lei spera che non ci facciano un ristorante cinese, «per la puzza che verrebbe su verso le finestre» dice.

L'Astarita è andato in pensione, no, non sa proprio dove abita, ma in zona, crede, forse a Lecco... Sempre se è ancora vivo.

«Però...» La signora si è ricordata qualcosa e ora non sa se dirlo. «Perché lo cercate?»

Ci aveva pensato Manlio Parrini.

«Oh, è un vecchio amico di cui ho perso le tracce. Per caso passavamo dal lago e pensavo di fargli un saluto...»

Un po' debole, ma quella ci casca, i suoi sospetti non dovevano essere così forti, dopotutto.

«So che la figlia fa la farmacista qui vicino, a Olginate, si chiama Katia.»

Passano il lago, nemmeno tre chilometri, e cercano la farmacia di Olginate. Entrano solo Parrini e Sara De Viesti, aspettano che un cliente abbia finito con le ricette e poi si rivolgono alla dottoressa dietro il banco.

«Dottoressa Katia? Katia Astarita?»

Lei li guarda un po' sospettosa, ma più che altro incuriosita. È una signora che ha passato i cinquanta, con un camice bianco.

«Sì, sono io... scusate, nessuno mi chiama Astarita, è il mio nome da nubile... mi chiamano tutti Carraghi, qui, il nome di mio marito...»

Gentile, ma nella voce c'è ovviamente una nota interrogativa. Quello che sta dicendo veramente è: chi siete? Cosa volete?

Le spiegano in qualche modo, interrompendosi se entra un cliente, e poi riprendendo il discorso. Stanno facendo una piccola ricerca storica e si sono imbattuti nella figura di... suo bisnonno, giusto? Il maggiore Francesco Astarita, che faceva il carabiniere a Bellagio...

Ora più che stupita la donna è stupefatta. Il bisnonno? Lei non ne sa niente, sicuro. Forse suo padre... Ma quali ricerche? Perché?

Sara De Viesti le spiega che stanno raccogliendo materiale per un documentario sull'Arma dei Carabinieri, che cercano notizie sullo scioglimento del corpo, nel '44, che...

Entra un cliente, la donna ha in qualche modo capito che non è niente di personale, niente di grave. Appena contato il resto, prende il telefono e avvia una chiamata rapida.

«Papà...»

Quando chiude la chiamata si raccomanda: «È ancora in gamba, ma non fatelo stancare, ha quasi novant'anni».

Antonio Astarita li aspetta sulla porta di una casa appena fuori Carenno. Hanno dovuto attraversare di nuovo il ramo del lago che volge a mezzogiorno, salire un po', fare qualche curva.

È un signore molto anziano, abbastanza in forma, però, lucido, stupito come sua figlia, forse di più. Li invita a entrare, ma Manlio Parrini dice che non vogliono disturbare, anzi, è ora di pranzo, perché non cercano una trattoria e si mettono comodi? Lui sembra contento di quell'intoppo alla sua routine, chiude la casa e dopo nemmeno dieci minuti sono seduti sotto una pergola che guarda il lago, dall'alto, con davanti una bottiglia di rosso e un piatto di salumi e formaggi del posto. Per cominciare va benissimo.

Manlio Parrini racconta la storia, a grandi linee, spiega perché sono curiosi, perché vogliono sapere del nonno. Sara De Viesti ha pensato di tirare fuori il suo taccuino ma ci ha ripensato subito, non vuole dare l'impressione di verbalizzare, probabile che quello si farebbe più circospetto, più prudente.

Insomma, del nonno ha un buon ricordo, perché da piccolo passava le estati con lui e la nonna, nella casa di Carenno, lui abitava con suo padre e sua madre, ovvio, a Lecco, ma l'estate la passava dai nonni. Ricorda bene i racconti che il nonno gli faceva della guerra, dei Carabinieri. Sapeva che a un certo punto aveva dovuto scappare, che era riuscito ad andare in Svizzera con la nonna, poi erano tornati dopo la guerra. Era morto, nel '49, lui aveva undici anni... è sepolto nel cimitero di Maggianico, ogni tanto va a trovarlo, ma non spesso... Suo padre faceva il meccanico, a Lecco, durante la guerra era stato prigioniero e aveva imparato quel mestiere dagli americani, vicino a

Cassino, e anche lui aveva aperto un'officina, sulla statale, lì vicino, e ci era rimasto quarant'anni. Poi aveva detto basta – «Delle macchine di oggi non ci capisco più niente, alcune non hanno neanche il motore» – e si era ritirato proprio a casa dei nonni, perché venderla non conveniva, aveva un bel giardino, si stava bene. La casa del padre, a Lecco, l'aveva lasciata alla figlia, che si era laureata e faceva la farmacista, «Ma questo lo sapete...».

Andare a parlare del nonno carabiniere a un ultraottantenne che si è ritirato in una specie di eremo lontano da tutto, comunque, produce un certo effetto. Antonio Astarita non si aspettava certo di dover riesumare ricordi di quando aveva otto, dieci anni, è una cosa che gli esplode in mano, tutto quel passato, le escursioni nel bosco, le ginocchia sempre graffiate. Il nonno gli insegnava trucchi e giochi, a riconoscere i funghi buoni... Poi si ricorda che si era ammalato, ed era morto. La nonna era rimasta sola nella casa di Carenno, lui aveva cominciato a passare le estati altrove, insomma... Sta facendo a botte con la nostalgia, non lo nasconde.

«Del nonno mi è rimasta, l'ho trovata in casa quando è morta anche la nonna, una divisa da carabiniere, e il cappello, più qualche fotografia, la loro del matrimonio... Poi ci sono delle lettere, credo, che lui le scriveva quando lei era già in Svizzera e lui non ci era ancora andato... ma chissà dove saranno.»

Il giovane storico Gianni ha avuto un lampo negli occhi. Le lettere di un carabiniere alla moglie, nel '43, nel '44...

per uno che fa il dottorato in Storia Contemporanea, che ha fatto la tesi sulla diaristica... beh!

«E si possono vedere, queste lettere?»

«Ah, dovrei cercarle... però proviamo.»

Era andato a riposare, era stanco, aveva mangiato troppo – questo lo aveva detto con un tono di grato rimprovero. Prima, li aveva portati in cantina, due stanzoni umidi e bui a cui si accedeva tramite una scala di legno abbastanza sconnessa. La luce entrava da due lucernari coi vetri opachi di sporcizia, lui aveva mostrato un interruttore, prima di ritirarsi, ma la lampadina mandava una luce così fievole che quasi non serviva a niente.

«Se c'è qualcosa, è qui, cercate pure... Da rubare non c'è niente» aveva aggiunto. «Date una voce quando avete finito, che vi faccio il caffè.»

Ora si guardano. La situazione è assurda: Manlio Parrini, Sara De Viesti e un giovane storico, in mezzo a casse e scatoloni, una vecchia madia piena di arnesi, qualche sacco sigillato, morbido, forse coperte, o vestiti vecchi. È un posto dove non scende nessuno da anni, lo dice la polvere, lo dicono le ragnatele, anche le ditate sui ripiani degli scaffali sono antiche.

Trovano un mazzetto di buste dopo una mezz'ora, in fondo a uno scatolone un po' intaccato dall'umidità. Ventuno buste, legate con un laccio nero, tutte, tranne tre, indirizzate ad Andreina Caspiani Astarita, presso Famiglia Varesi, via Baroffio 32, Locarno, CH. I francobolli sono arancioni, con il fascio e la scritta "Repubblica

Sociale Italiana", 2,50 lire. Contengono un foglio solo, al massimo due, scritto a penna, fitto, con una calligrafia appuntita ma precisa, Sara deve accendere la torcia del telefono per illuminarle bene.

Cominciano tutte con la data e "Andreina carissima". La prima è del gennaio 1944, il maggiore Astarita rassicura la moglie, che è andata a servizio da una famiglia in Svizzera. C'è qualche accenno al figlio, ferito non gravemente e ricoverato vicino a Roma. Il maggiore benedice il Signore, perché il ragazzo è al sicuro, in una zona controllata ormai saldamente dagli americani, almeno per lui la guerra è finita. Parla in brevissimi cenni della situazione a Bellagio, ormai sono solo in tre, alla tenenza dei Carabinieri, stretti tra il comando tedesco che li tollera a fatica e la milizia che li considera possibili traditori. Loro fanno piccoli controlli, roba di tessere annonarie e di mercato nero, di furti ai danni dei contadini della zona, cose di cui i tedeschi non si occupano.

In una lettera datata marzo 1944 – il maggiore Astarita non mette mai la data in numeri romani dell'anno dell'era fascista – parla di "una bruttissima aria" e delle voci che girano, che l'Arma sarà presto sciolta. "Cosa devo fare, Andreina cara, resto al mio posto, finché si può."

In un'altra lettera, 28 aprile 1944, racconta meglio del figlio, che è riuscito a mandargli un messaggio tramite un commerciante di Lecco che ha passato le linee, tornando a casa da Roma. Sta bene, sarebbe prigioniero, ma visto che è bravo con i motori si è messo d'accordo con i medici dell'ospedale americano, non lo dimettono, risulta convalescente, e intanto sistema qualche automezzo. "Il nostro

Angelo impara l'inglese!" scherza il maggiore. Aggiunge che alla nuora e al nipotino, che sono sfollati dalle parti di Varese, ha già dato la buona notizia. Nelle lettere non c'è mai un'espressione affettuosa, una dichiarazione d'amore, nemmeno un "mi manchi" – doveva essere carabiniere anche nei rapporti umani, rigido e sintetico – le lettere sembrano verbali, solo in una, alla fine, c'è un "Ti penso".

Poi trovano quello che in qualche modo, senza saperlo, stanno cercando. È una lettera del 6 luglio 1944, comincia con i soliti saluti formali, ma poi racconta un episodio di qualche giorno prima.

> Tre farabutti hanno massacrato un signore, qui a Bellagio, con tale ruvida violenza da lasciarlo mezzo morto. Uno scrittore, ho saputo dopo, in odore di antifascismo, per di più, e loro, gli aggressori, tre fascisti sfollati da Milano. Ne abbiamo fermato uno, per abilità atletica del collega Casiraghi, beato lui che è giovane, si è lanciato nella mischia come una furia, e gli altri due sono fuggiti. Per il verbale da fornire al comando tedesco e alla milizia ho dovuto inventarmi una stupida storia di passione, forse di corna, mettere di mezzo una figuretta femminile che li avrebbe fatti litigare per gelosia, generando la rissa e facendo poi perdere le sue tracce. Spero che ci credano, che non facciano altre indagini, che si accontentino di questo rapporto frettoloso che non è importante per loro. Ma che vuoi, Andreina, escludere il fatto di violenza politica era l'unico modo per tenere in guardina il colpevole, ché se avessi detto di una purga lo avrebbero subito rilasciato. Se lo inter-

rogheranno vedrò i miei sorci verdi, ma hanno altro da fare, in questi giorni. Lo vedi, com'è, Andreina, un carabiniere costretto a mentire, a dire il falso in un verbale, non è cosa... ma questi sono i tempi. È questione di poco, oramai, tutto crolla...

Manlio Parrini ha guardato Sara De Viesti dritto negli occhi, a lungo, con un'intensità che ha sorpreso entrambi. Nessuno dei due ha detto una parola, ma in quello sguardo c'erano molte cose, c'era l'ultimo pezzo del puzzle che andava al suo posto, c'era il finale del film, c'era anche, forse, chissà, un po' di giustizia per Augusto De Angelis. Non la giustizia vera, che non sarebbe arrivata più, che aveva già addosso i suoi timbri e le sue sentenze, le sue benedizioni avvocatesche e processuali, ma la giustizia di una verità ricomposta.

L'ultima lettera del maggiore Astarita era di qualche giorno dopo, poche righe.

Bellagio, 17 luglio 1944

Andreina carissima,
la decisione è presa, domani notte, che non c'è luna, proverò a passare il confine per certi sentieri che so io, sarà una camminata lunga, che Iddio me la mandi buona. Ho chiesto al giovane Casiraghi se vuole unirsi all'avventura, ma è rimasto sul vago. Ho il sospetto che voglia raggiungere le bande partigiane, l'altro giorno mi ha detto che ci sono anche dei monarchici, lassù, spero ogni bene per lui.

Se tutto procede per il giusto, dunque, tra tre o quattro giorni potrò riabbracciarti. Non stare in ansia, accadrà quel che Dio vuole.
Un saluto da tuo marito,

Francesco

Il viaggio di ritorno era stato silenzioso, erano tutti molto stanchi. Il giovane Gianni guidava, non c'era molto traffico perché andavano in senso inverso al flusso di quelli che tornavano in Brianza da Milano, dopo aver lavorato tutto il giorno. Un tramonto sfocato di foschia leggera colorava le ultime colline prima della grande pianura piatta.

«Alla fine era un cold case» ha detto Manlio Parrini.

«È vero» ha risposto Sara De Viesti.

«Non c'era nessuna donna» ha chiuso lui.

Poi li ha invitati a cena – «Ma niente cinesi o indiani, eh!» ha detto – e ha mandato dei messaggi. Se loro erano stanchi, o non avevano voglia di passare qualche altra ora con lui, non lo avevano detto.

Alle nove erano nella dépendance, alle nove e dieci gli avevano consegnato il cibo, da una trattoria vicina dove erano abituati alle chiamate di Parrini. Poi erano arrivati, per il caffè e i liquori, anche il mago delle luci, Scotti, e la Marras.

E allora Manlio Parrini era andato in cucina ed era tornato con una bottiglia di champagne.

Per festeggiare la chiusura del caso, le lettere alla moglie del maggiore Astarita, per brindare alla storia che si chiudeva, aveva pensato Sara De Viesti.

Invece no. Manlio Parrini dice che bisogna prendere una decisione, e che bisogna prenderla tutti, perché sono un collettivo, quindi propone di votare.

«Abbiamo un produttore» dice.

Lo sguardo di quegli altri si fa attentissimo, più che attento, quattro paia di occhi che non vogliono guardare nient'altro.

«Un consorzio di produttori indipendenti francesi, coordinati dalla Cinémathèque.»

«Condizioni?» chiede Sara De Viesti.

«Nessuna» dice monsieur Parrinì. Spiega che il consorzio sembra un po' una copertura, che i soldi veri li metterà una struttura più tradizionale, ma insomma...

«Piazzeranno il red carpet sotto l'Arc de Triomphe... un sacrificio che possiamo sopportare, direi.»

Ora bevono, ridono, si parlano sopra, chiedono dettagli, si infervorano, fanno altre domande ancora. Il collettivo De Angelis nel suo massimo splendore.

Come sono vivo, pensa Manlio Parrini.

24

Non era stato tutto così buio, però. Non sempre.

Si accorge che non sta più opponendo resistenza, che aggrapparsi non serve. Certo, non doveva andare così. Quella fine, più che ucciderlo, lo offende. Morire per il pestaggio di qualche squadrista, per la strada, non era certo quello che aveva immaginato. E morire ora, per di più, che beffa. Molte volte si era figurato il "dopo" dopo la guerra, dopo il disastro in cui quel farabutto al balcone di piazza Venezia li aveva trascinati tutti. Poter tornare a scrivere, senza consigli, questa volta, senza la paura di vedersi mandare indietro un manoscritto con annotate le correzioni da apportare… meno atmosfere torbide! Meno elucubrazioni psicologiche! Magari poter scrivere qualche trama tutta italiana, con personaggi italiani, con l'assassino italiano… Ah, che scemenza.

O addirittura tornare al teatro, che era il suo amore. Respirare ancora una volta quell'aria febbrile e sospesa che c'è dietro il sipario prima che le luci in sala si spengano, avere a che fare con attori, attrici, critici… non era il mondo che stava vedendo ora, che aveva visto negli ultimi dieci anni.

Chissà se dopo, dopo tutto quello, e dopo la sua morte, qualcuno avrebbe letto ancora le avventure del commissario De Vincenzi, se qualche editore, una volta cadute le censure e i divieti, si sarebbe messo a ripubblicare i suoi gialli. Non osava sperarlo, ma... E chissà se un giorno, come in America, come in Inghilterra, come in Francia, si sarebbe potuto scrivere di brivido e mistero, di morti ammazzati, di ispettori che intuiscono il colpevole non per un indizio, ma per indagine psicologica, senza essere considerati meri intrattenitori, autori di libri da tranvai. Chissà, forse qualcuno, allora, ricorderà che lui, Augusto De Angelis, lo aveva detto.

> Certo, signore, anche il persecutore di un assassino può essere un poeta, quando si china sulla terra calcata da una suola e da un tacco, quando esamina la cenere d'una sigaretta, quando deduce da un capello trovato il passaggio dell'assassino. È il suo cervello, che vola, in quel momento [...]
> No, davvero, signore, non ho rimorsi a scrivere oggi romanzi polizieschi.
> È un far versi anche questo.[25]

È un brutto tempo, quello in cui si è costretti a pensare cosa resterà di te dopo. Se mai resterà qualcosa.

Che stanchezza, però. Che torpore.

Che crudeltà, tirare ogni respiro temendo che sia l'ultimo che rimane.

[25] Augusto De Angelis, *Conferenza sul giallo.*

25

Le cose sono precipitate. Mentre loro erano occupati a girare tra cimiteri e paesini di montagna con il lago a strapiombo, cantine umide piene di ricordi del passato e festicciole improvvisate, il caso Bastoni ha segnato un'altra svolta clamorosa.

Manlio Parrini non ci pensava quasi più, anzi non ci pensava per niente. Aveva trascorso la notte in un piacevole stato catatonico, mezzo cosciente e mezzo no. Guardava la sveglia, le due e ventotto, e pensava alle cose da fare, che erano milioni, il cast, i provini... Passava un minuto e la sveglia segnava le cinque e dieci, e lui pensava al fonico, al lavoro sui suoni... Poi erano le sette e mezza e lui pensava a Sara De Viesti: avrebbero dovuto riscrivere le ultime scene, metterci il maggiore Astarita. Ricorda che leggendo le sue lettere alla moglie – "Andreina carissima" – aveva sentito quasi fisicamente quel calo di luce che avevano programmato, quell'affievolirsi, quel degradare verso il buio, il disastro, la fine di tutto.

Poi avrebbe dovuto chiamare la Bissieu e dire che accettava la proposta dei francesi, che il collettivo aveva votato all'unanimità, ma a una condizione: lei avrebbe dovuto fare da collegamento tra i soldi e l'arte, tra i produttori e il set. Sì, forse non era il suo lavoro, ma perché no? Lei aveva avviato la cosa e lui la trascinava nella storia del cinema, uno scambio che avrebbe accettato.

Ora che si è finalmente alzato, e mette in fila mentalmente le priorità della giornata – ma forse dovrebbe dire delle settimane, dei mesi a venire – si sorprende a leggere avidamente il giornale. Non il solito sfoglio distratto, ma due pagine dense, da bere riga per riga. Il titolo principale ha un richiamo molto evidente in prima pagina:

DUE COLPEVOLI PER UN DELITTO?
LE VERITÀ DELLA PROCURA
SULL'OMICIDIO BASTONI

Conferenza stampa del sostituto procuratore Chiara Sensini dopo la trasferta in Svizzera – Ritirato il mandato internazionale per Sophie Verraux – Si va verso il rinvio a giudizio per Matteo D'Onofrio e Carlos Manolo Pinzago

Manlio Parrini si era messo comodo.

Claudio Tarsi aveva sfoderato le sue qualità di narratore, perché aveva spazio a disposizione, finalmente, e perché oltre alle novità, che erano parecchie, doveva ripercorrere tutta la storia.

Intanto racconta il viaggio in Svizzera della Sensini. Probabilmente c'erano stati contatti tra le procure, e forse anche qualche telefonata a livello più alto, politico, o diplomatico, per accelerare i tempi e chiarire quello che a tutti gli effetti sembrava un errore. Gli avvocati della signorina Verraux avevano dato piena e immediata disponibilità a incontrare gli inquirenti italiani, anche superando la burocrazia giudiziaria e qualche regola, e la Sensini era corsa a Basilea accompagnata da due pezzi grossi della polizia giudiziaria e dalle raccomandazioni del procuratore capo, che temeva l'incidente internazionale.

Durante l'incontro a Basilea, presente anche la ragazza, erano state presentate prove inconfutabili a difesa dell'indagata, oggetto nientemeno che di un mandato di cattura. La mattina del delitto, il 6 settembre, Sophie Verraux aveva presentato la sua nuova collezione di creme autoabbronzanti, realizzata in coproduzione e comarketing con Chanel, nientemeno. Aveva passato al trucco la prime ore della giornata, poi un autista l'aveva portata da Basilea a Ginevra, dove decine di giornaliste e influencer del settore beauty avevano assistito all'evento, culminato in un pranzo di gala, seguito da interviste singole con varie testate e da un massacrante servizio fotografico. Il tutto era durato fino alle sei di sera, senza un attimo di tregua per la giovane Verraux. Per Chiara Sensini nulla di quello che dicevano gli avvocati era una novità: li vedeva anche lei i social, anche lei aveva fatto qualche ricerca, ovvio, e sapeva che il profilo Instagram della ragazza era pieno di fotografie dell'evento di quel giorno.

E il mandato, allora?

Semplice: la ragazza doveva spiegare come erano finiti due capelli biondi, suoi, sul cadavere di una vecchia signora a Milano, che era incidentalmente la prozia del suo fidanzato. Il mandato era per metà un atto dovuto e per metà uno strumento di pressione per altri indagati, cioè proprio il suo fidanzato italiano.

Manlio Parrini sorride, da solo nel suo salone ancora disordinato dai bagordi del collettivo De Angelis della sera prima. Tarsi si tiene da parte dei colpi di scena per tenere attaccato il lettore. Finge di fare una cronaca ma in realtà disegna una trama, fa avanti e indietro sulla scala temporale per stupire chi legge. E ci riesce. Parrini pensa che forse fargli conoscere dei buoni gialli, seppure degli anni Trenta, l'ha aiutato a scrivere quel pezzo così denso.

Ma come sapeva la Sensini, senza analisi, senza prelievi di Dna, senza riscontri, che i capelli sul corpo della vecchia erano proprio della Verraux?

È il vero asso nella manica della Procura, e a giudicare dal racconto del «Corriere» la Sensini lo estrae con una certa voluttà, come se rispondesse a tutti quelli che l'hanno criticata, che hanno fatto pressioni, che volevano toglierle l'indagine e addirittura mandarle un ispettore dal ministero.

Nell'auto del D'Onofrio, quella con il doppiofondo nei sedili posteriori, avevano repertato del materiale, inizialmente ritenuto poco interessante. Le cose che si trovano nelle automobili, più o meno: occhiali da sole, cavi per telefoni, qualche carta sparsa di poco interesse, la busta verde di una multa, nemmeno aperta, e un piccolo beauty contenente un rossetto, un piccolo specchio con cipria, due tubetti di mascara, e una spazzola. Sulla spazzola, qualche capello biondo, che la Scientifica aveva confrontato con i due capelli trovati sul cadavere di Nora Vuillermoz, vedova Bastoni. Erano gli stessi capelli, senza alcun dubbio.

Come ci erano finiti?

La Sensini aveva lasciato Basilea congedandosi cordialmente dagli avvocati della ragazza, soddisfatti e decisi a dare con il più alto risalto la notizia che la loro assistita, la titolare del marchio Verraux peau douce famoso in tutto il mondo, non c'entrava niente con quella brutta storia. Probabilmente i social media manager della ragazza stavano già studiando come farne un caso pubblicitario. La Sensini, dopo una telefonata con il procuratore capo a Milano, aveva rilasciato un comunicato in cui ringraziava le autorità svizzere e gli avvocati della ragazza per aver contribuito a chiarire velocemente un caso tanto spinoso e aiutato la giustizia, il mandato di cattura decadeva, ovviamente, dopo i chiarimenti "completi ed esaustivi".

Non restava che convocare il giovane D'Onofrio, cosa che la Sensini aveva fatto d'urgenza addirittura la domenica mattina, e dopo un interrogatorio che Tarsi definisce "drammatico" il ragazzo aveva dato la sua ennesima versione.

Sì, è vero, era arrivato alla villa la mattina del 6 settembre. Ci era andato anche la sera prima, per prendere un pacco, ma la vecchia zia gli aveva detto di ripassare il giorno dopo, perché il pacco non era completo.

Ora che deve schivare un'accusa di omicidio volontario – da trent'anni all'ergastolo – il giovane Bastoni è disposto ad ammettere molte cose, anche che faceva lo spallone per conto della zia, che portava in Svizzera scatoloni di contanti. I suoi avvocati cercano di limitare i danni, si dicono pronti a fornire le coordinate dei conti, a Lugano, a Berna e a Basilea, sui cui da tre anni almeno il loro assistito deposita, ogni tre o quattro mesi, i proventi delle attività illecite della vedova Bastoni, cioè i contanti degli affitti pagati in nero.

Ma la rivelazione più assurda il giovane Bastoni la fa quasi subito, quando capisce che non può negare. Secondo il suo racconto, un po' sconnesso e confuso, era arrivato alla villa verso le undici e mezza, aveva trovato la zia morta, stesa sul tappeto, con le gambe sotto la scrivania, era sconvolto ed era scappato subito. Salito in macchina, però, tremante e fuori di sé, aveva pensato che forse la zia aveva segnato da qualche parte l'appuntamento di quella mattina, o lasciato qualche traccia che potesse portare a lui, collocarlo sulla scena del delitto, e con le cose che sarebbero venute fuori, gli affari, gli affitti, i soldi, la sua posizione sarebbe stata molto difficile. Allora aveva pensato a depistare le indagini, ma come? Doveva sbrigarsi.

Poi aveva visto, nel cassetto del cruscotto, il piccolo beauty della sua ragazza, che lei lasciava in macchina per comodità. Aveva preso dei capelli dalla spazzola, era corso ancora alla villa e li aveva depositati sul cadavere. Una cosa, aveva pensato, che avrebbe spaccato la testa agli inquirenti, che forse avrebbe lasciato il caso misterioso e irrisolto.

E qui Claudio Tarsi, il bravo cronista, ci mette del suo: sarebbe bastato buttare quel beauty, far sparire la spazzola, eliminare quella traccia, e davvero gli inquirenti sarebbero impazziti dietro a quei capelli, cosa che in effetti avevano fatto per settimane. Invece aveva rimesso il beauty nel cassetto del cruscotto. Manca una parola, "cretino", che Tarsi non dice, ovvio, ma tutto il racconto sembra costruito perché lo dica chi legge.

L'interrogatorio si è concluso nel modo peggiore: richiesta di rinvio a giudizio per omicidio volontario, unita alla richiesta di revoca degli arresti domiciliari.

E il Pinzago?

Claudio Tarsi apre un nuovo capitolo della storia. Carlos Manolo Pinzago è detenuto nel carcere di Opera, anche lui con un'imputazione di omicidio volontario. Per ora si rifiuta di rispondere alle domande degli inquirenti, ma può darsi che i nuovi sviluppi lo convincano a cambiare idea.

Il finale dell'articolo di Tarsi – Parrini l'ha letto con tanta attenzione che ha fatto freddare il caffè – è strabiliante.

> Come in un giallo di altri tempi, ci sono due presunti assassini per un solo cadavere. Come avrebbero fatto – ci chiediamo – i vecchi commissari di una volta, i protagonisti dei romanzi polizieschi senza telecamere e senza telefoni cellulari? Un confronto all'americana, forse, o magari una di quelle sedute di riflessione e analisi, alla presenza dei due imputati, sperando che uno dei due si tradisca, oppure usando uno per "incastrare" l'altro. Al momento, nonostante il successo delle indagini condotte con arguzia degna di un Maigret dalla sostituta procuratrice Sensini, anche a costo di frizioni con il vertice

della Procura, chi abbia davvero ucciso la vedova Bastoni non si sa. E come in un vecchio romanzo poliziesco, aspettiamo le ultime pagine della storia.

Manlio Parrini si è fatto un altro caffè, ha rovesciato nel lavandino quello freddo e imbevibile.

Mentre aspetta che la moka faccia il suo dovere, prende in mano il telefono. Claudio Tarsi risponde subito, forse si aspettava la chiamata.

«Bravo, Tarsi, ottimo articolo, mi ha tenuto con il fiato sospeso.»

«È che non si fanno mai i conti con il caso, Maestro, e il caso che uno possa essere così coglione da mettere i capelli della sua fidanzata su un cadavere, e di tenersene altri in macchina, è davvero imponderabile. Non ci avrebbe pensato nemmeno il suo De Angelis.»

«Ah, questo è certo. Ma ho visto che cita Maigret, nel finale del suo pezzo… Perché non il commissario De Vincenzi, allora?»

«Perché Maigret lo conoscono tutti, Parrini, mentre De Vincenzi no, finché qualcuno non ci fa un film, ovviamente.»

«E lei che ne sa, Tarsi?»

«Sapere le cose è il mio mestiere, Parrini. O devo chiamarla monsieur Parrinì? Si ricordi che abbiamo un patto.»

Ora non sa se irritarsi o ridere, ma in fondo non gli importa, e anche l'altro sembra non dare peso a quelle schermaglie tra uomini, che si prendono in giro e si punzecchiano come adolescenti.

«Comunque non c'era nessuna donna» dice Tarsi.

Intende nessuna donna sulla scena dell'omicidio Bastoni, ma Manlio Parrini pensa subito a un'altra cosa. Non c'era nessuna donna, no, nemmeno sulla scena dell'omicidio De Angelis, e questo lo riporta alle cose che contano davvero, il film, il lavoro da fare, l'ansia che lo coglie ogni volta che si sente chiamato a quella prova.

Saluta velocemente e torna negli anni Trenta.

26

Tra echi di cronaca e piccole notizie di giornata non c'è che da scegliere, sul «Corriere della Sera» di giovedì 27 luglio 1944.

Alle corse al trotto a San Siro, il premio Bellagio (lire 60 mila, metri 1.600), ha vinto Napoleone, "vivacemente contrastato nel finale da Mercede".

Ma ci sono anche altre notizie, certe buone, certe brutte.

> BORSEGGIATO DI DUE OROLOGI
> Il commerciante Giuseppe Conti fu Pietro, da Gavirate, mentre si trovava ieri mattina su un tranvai della linea 15 è stato destramente borseggiato. Il Conti teneva nei taschini del panciotto due orologi – uno d'oro, l'altro d'argento – legati assieme mediante una catena d'oro: il ladro, dopo aver tagliato l'occhiello del panciotto, ha sfilato dai taschini, senza farsi accorgere, i due orologi. Quando il commerciante ha constatato di essere stato derubato era ormai troppo tardi.

Che tempi, eh! Certo, andarsene in tranvai con due orologi preziosi...

IL COMMISSARIO FEDERALE VISITA
LE FAMIGLIE DEI PROFUGHI

Nel pomeriggio di ieri il commissario federale ha visitato una scuola ove sono alloggiate numerosissime famiglie di profughi provenienti da Roma, Firenze, Apuania. Egli ha portato a tutti alcuni indumenti e un paio di calzature per ciascuno. Costa si è poi interessato delle varie famiglie e ha disposto per venire in aiuto alle loro più urgenti necessità.

E poi, in fondo alla pagina, piccolo, senza nemmeno un titolo:

NECROLOGIO. È morto il giornalista e scrittore Augusto De Angelis. Esordì in giornalismo a 16 anni alla «Vita»: fu poi all'Agenzia Stefani al «Resto del Carlino» all'«Ambrosiano» alla «Sera». Scrisse undici commedie. Notevole la sua attività come scrittore di libri gialli.[26]

Un necrologio un po' tardivo. Augusto De Angelis era morto da dieci giorni, il 18 luglio del 1944.

[26] «Corriere della Sera», 27 luglio 1944.

27

Carlos Manolo Pinzago si è suicidato nella sua cella del carcere di Opera. Gli agenti della penitenziaria lo hanno trovato alla mattina presto, impiccato con un lenzuolo alle sbarre della finestra. Pinzago era in isolamento e, teoricamente, sotto stretta sorveglianza. Aveva cinquantadue anni, una moglie, Maria, e un figlio. È l'ottantaduesimo caso di suicidio nelle carceri italiane dall'inizio dell'anno, un record vergognoso, da Paese incivile.

A quanto si sa, il Pinzago non ha lasciato messaggi, né tantomeno confessioni sull'omicidio della vedova Bastoni, si è ammazzato e basta. La Procura della Repubblica ha aperto un'inchiesta che non andrà da nessuna parte, morirà come lui, anzi, con meno clamore.

Manlio Parrini ha letto la notizia e si è come congelato, un buco vuoto gli si è allargato nello stomaco, quello che succede quando si cade all'improvviso, o si assiste a un'ingiustizia troppo ingiusta, che i sensi non fanno in tempo ad attutire. Nonostante le giornate frenetiche, le mille cose da fare, i fogli fitti di appunti con le scene da girare nel terzo giorno di riprese del suo nuovo film, è rimasto immobile su uno sgabello della cucina, il caffè davanti, lo sguardo nel vuoto.

Aveva seguito il caso della vedova Bastoni dall'inizio, dai primi minuti. Vi aveva in qualche modo preso parte, da comparsa laterale, ma anche da attore, aveva fatto qualche favore alla sostituta procuratrice Chiara Sensini, aveva fatto quasi amicizia con il cronista Claudio Tarsi, aveva letto le cronache senza saltare una sola puntata, come fosse un feuilleton ottocentesco, o uno di quei gialli a puntate che Augusto De Angelis pubblicava sui giornali. Il giallo di villa Bastoni – la villa a pochi metri dalle sue finestre – era stato per lui un piccolo passatempo, una questione enigmistica, un rompicapo di cui seguire giravolte ed evoluzioni. E anche per la vedova Bastoni, che pure era sua vicina di casa, che aveva salutato tante volte, o incontrato in cortile, non aveva provato molta empatia: era il morto in un caso di omicidio, certo, un minimo sindacale di pietà era previsto. Ma come nei romanzi di Conan Doyle, con Sherlock Holmes e Watson che annusano in giro e distinguono tra la cenere di una sigaretta e quella di una pipa, traendone chissà quali certezze, il dolore non era mai comparso, la misericordia per la povera vecchia strangolata si era acquattata sullo sfondo, senza farsi vedere mai.

Ora invece moriva il tuttofare Carlos, e moriva in quel modo.

Si era seduto sul suo divano, ricorda, qualche giorno dopo l'omicidio, chiedendosi cosa sarebbe stato di lui, domandando se ci fosse un lavoro. Un indio cubico con la faccia di uno appena uscito dalla selva, ma che lavava accuratamente la Mercedes della «padrona», andava a far la spesa e riportava gli spiccioli contati. Poteva essere l'assassino? Probabile. Ne aveva avuto l'occasione, l'opportunità e forse anche il movente, aveva inquinato le prove sulla scena del crimine, aveva mentito. In dieci anni di servizio dalla vedova Bastoni qualcosa doveva pur sapere degli affari loschi della donna, forse la ricattava, forse c'era stata una discussione, la mattina del 6 settembre, più che una discussione, con lui che le metteva le mani attorno al collo... Sì, era lo scenario più probabile, anche il più comodo e ovvio. Il suo arresto non aveva sollevato proteste o contestazioni, i giornali non avevano speso mezza parola per lui.

Ma tutto questo non cambia niente. Manlio Parrini fissa nel vuoto per qualche minuto, pensa a cosa deve passare per la testa di un uomo che toglie il lenzuolo dal letto, lo arrotola per creare una specie di corda, ne prova la resistenza e lo annoda alle sbarre. Pensa a come deve battere il cuore, a come deve spezzarsi il respiro, a quale indecente determinazione ubbidisce un gesto così feroce contro se stessi.

Si rende conto che ora, con la morte di uno dei due imputati per l'omicidio della vecchia Bastoni, il caso non è più una questione di enigmistica noir, non è più una cosa teorica. È carne e sangue, violenza, morte. Diventa una cosa irrimediabile e sospesa per sempre, senza giustizia, senza perdono né remissione.

È un'altra verità spezzata, pensa il Maestro Parrini.

Spezzata come la vita di quell'indio gentile che forse era persino un assassino. Una verità incomponibile, come quella che sarà la verità sul delitto Bastoni, a cui sarà difficile dare una risposta, perché dei due presunti colpevoli uno non c'è più, non potrà difendersi o gridare la propria innocenza.

E il problema vero, il problema di sempre e di tutti, pensa ora Manlio Parrini, non è che le verità si spezzano, ma che le verità non ci sono, non esistono, semplicemente. Sono fatte di una sostanza ambigua e molle, inconsistente. Le verità che conosciamo sono solo quelle che ammettiamo come tali, che noi decidiamo siano verità. Hanno il nostro timbro, la nostra approvazione.

Augusto De Angelis era un'altra verità senza verità. Una donna che lo aveva denunciato era stata una verità a tempo, una verità utile, che si era spezzata in una cantina sulle colline del lago di Como, sotto la luce fioca di una lampadina meno luminosa dei capelli rossi di Sara De Viesti. E altre verità erano state costruite su di lui e sulla sua vita, un'arrampicata che si aggrappava agli spunzoni di roccia di quel che aveva lasciato, i libri, le storie, le riflessioni. Niente era vero, niente. Eppure di qualche verità si aveva bisogno, per forza.

Ora c'era quella verità di un morto in una cella, ed era una verità inconfutabile, fredda, rigida, impossibile da smentire, che pure portava via con sé chissà quali e quante altre verità: chi aveva messo le mani intorno al collo della vedova Bastoni? Chi aveva stretto fino a spezzarle il respiro per sempre?

Il campanello aveva suonato in modo discreto, rispettoso. L'autista della produzione era arrivato per portarlo sul set, giravano gli interni, per ora, oggi avevano quattro scene, abbastanza complicate, un lavoraccio. Saverio Protti si era rivelato un ottimo De Angelis, mentre Ardenzi, a sorpresa, era un De Vincenzi perfetto.

Quando si è messo comodo sul sedile dell'auto, dietro, come un vero boss con l'autista, è suonato il telefono. Ha guardato il display: Claudio Tarsi. Sì, se lo aspettava.

«Quindi il caso è chiuso, Maestro» aveva detto quello senza nemmeno salutare.

«Lei crede, Tarsi? E l'altro imputato? Il nipotino scemo?»

«I morti hanno sempre torto, Maestro, soprattutto se i vivi hanno buoni avvocati. Un bel patteggiamento per esportazione di capitali, un reato punito meno del furto di una merendina in un supermercato, più l'inquinamento delle prove, magari intralcio alla giustizia, cose così. Potrei scommettere su due o tre anni con la sospensione della pena, che ne dice, scommette?»

«Il suo cinismo è rivoltante, Tarsi.»

«Sì, me l'hanno già detto, ma nel mio mestiere è considerato un pregio.»

Il set era in una bellissima casa di Porta Romana, affittata per l'occasione, con il proprietario che aveva dovuto traslocare per due settimane, e la Marras aveva riarredato tutto, trovando chissà dove pezzi preziosissimi, mobili d'epoca. Avevano dovuto cambiare i lampadari, imbiancare, trasformare un appartamento moderno in una casa altoborghese degli anni Trenta.

C'è già una discreta confusione, sembra che tutti girino intorno frenetici e senza meta, invece ognuno sa cosa fare. Ferdinando Scotti dà ordini secchi ai suoi tecnici, dove mettere le luci, quali filtri preparare. Sara De Viesti, con il copione in mano, parla con gli attori. Cosimo Ardenzi, che interpreta il commissario De Vincenzi, una donna vestita da domestica, con tanto di grembiulino bianco su un vestito nero, e una vecchia signora elegante, che ascolta senza dire niente.

«Tutto bene?» chiede Manlio Parrini, è una specie di saluto.

«Siamo pronti a girare» dice Sara De Viesti.

Una signora sui quaranta, con una cartella in mano, scrive qualcosa su un foglio e richiama tutti. Ora c'è un movimento che pare sincronizzato, ognuno va al suo posto, i fonici mettono le cuffie, gli attori si piazzano nei posti assegnati, Manlio Parrini e Sara De Viesti si siedono davanti a due monitor affiancati, Ferdinando Scotti fa lo stesso dietro altri schermi. L'attrice anziana, non senza fatica, si sdraia su un tappeto, una truccatrice si avvicina a darle gli ultimi tocchi di cipria, ad asciugarle qualche linea lucida che ha sul viso.

Sempre la signora sui quaranta mette il ciak davanti a una macchina da presa:

«De Angelis, quattro nove.»

Manlio Parrini dice:

«Silenzio… Motore… Azione!»

Zoom sulla giovane domestica, si tormenta il grembiule con le mani, il volto è sconvolto e rigato di lacrime. Un agente in divisa si avvicina alla porta d'ingresso, la apre. Il commissario Carlo De Vincenzi entra con passo leggero, quasi titubante, seguito dall'agente Cruni, un omone dalla faccia bonaria, che ora però è tesa e corrucciata.

POLIZIOTTO IN DIVISA: «Eccovi, commissario… Come avete ordinato, nulla è stato toccato».

Il commissario non guarda nemmeno il cadavere della vecchia steso a terra, ma percorre a piccoli passi tutta la stanza, si affaccia alle porte interne, una dà su un altro salotto, una su un corridoio. Si rivolge alla domestica, che non smette di agitarsi.

COMMISSARIO DE VINCENZI: «E voi, avete toccato niente?».

DOMESTICA: «Niente, commissario… sì, ho scosso la signora… ho portato i sali, ma… era fredda… fredda!». Scoppia in un pianto dirotto.

L'agente Cruni è sparito nelle altre stanze, per un veloce sopralluogo.
Solo ora il commissario De Vincenzi si china sul cadavere della vecchia a terra, posa un ginocchio sul tappeto e osserva da vicino.

COMMISSARIO DE VINCENZI (AL POLIZIOTTO IN DIVISA): «Chiamate il medico, che venga presto… attendetelo giù, cercate di non creare allarme nel caseggiato». L'agente esce.

COMMISSARIO DE VINCENZI (ALLA DOMESTICA): «Qualcuno è venuto in visita ieri sera?».

DOMESTICA: «Non so, commissario, io resto in servizio fino a che ho servito la cena, verso le ventuno, poi mi ritiro in camera mia, al piano di sopra. Non ho sentito niente e questa mattina...». Piange ancora.

COMMISSARIO DE VINCENZI: «Qualcuno deve pur essere venuto, a fare questo disastro. La signora riceveva spesso?».

DOMESTICA: «Molto raramente, commissario».
L'agente Cruni è tornato nella stanza, si china anche lui accanto al cadavere.

COMMISSARIO DE VINCENZI (ALLA DOMESTICA): «Pensateci con calma, signorina... una donna... bionda, o castano chiara, che frequenta questa casa... Vi viene in mente niente?».

DOMESTICA (ESITA, RIFLETTE): «... No... Non mi pare...».

AGENTE CRUNI: «Eppure abbiamo capelli biondi, qui, lunghi... una donna senza dubbio».

AGENTE CRUNI (RIVOLTO AL COMMISSARIO DE VINCENZI): «Una prova!».

COMMISSARIO DE VINCENZI (RIALZANDOSI): «Uh, le prove, Cruni... le evidenze... rendono tutto così facile, vero?».

«Stop!»

Manlio Parrini ha urlato il suo ordine e ora si alza dalla sedia. Si rivolge a un ragazzo che gli sta alle spalle.

«Rivediamola» dice. Ferdinando Scotti gli si avvicina e gli dice qualcosa piano, Sara De Viesti prende qualche appunto sui suoi fogli.

Poi riparla Parrini.

«Va bene, ci siamo quasi, rifacciamola.»

Dopo si alza e si rivolge a Cosimo Ardenzi, il commissario De Vincenzi, gli dice qualcosa piano, qualche suggerimento, di certo, perché l'altro annuisce.

Tutti si sistemano come prima. La donna con il ciak si sporge verso una camera:

«De Angelis, quattro dieci!»

«Silenzio... Motore... Azione!»